괴불주머니

괴불주머니

초판 1쇄 2020년 9월 25일

글쓴이 | 윤혜숙
펴낸곳 | 도서출판 단비
펴낸이 | 김준연
편 집 | 최유정
등 록 | 2003년 3월 24일 (제2012-000149호)
주 소 | 경기도 고양시 일산서구 고양대로 724-17, 304동 2503호 (일산동, 산들마을)
전 화 | 02-322-0268
팩 스 | 02-322-0271
전자우편 | rainwelcome@hanmail.net

ISBN 979-11-6350-029-2 43810
ISBN 978-89-967987-4-3 (세트)

값 11,000원

* 이 도서의 국립중앙도서관 출판예정도서목록(CIP)은 서지정보유통지원시스템 홈페이지(http://seoji.nl.go.kr)와
국가자료종합목록 구축시스템(http://kolis-net.nl.go.kr)에서 이용하실 수 있습니다. (CIP제어번호 : CIP2020039084)

괴불주머니

윤혜숙 장편소설

단비
danbi

차 례

쫓겨나는 나인들

맹렬한 바람이 밤새 궁궐 안을 할퀴고 돌아다녔다. 새벽녘에야 간신히 잠이 들었던 연수는 방문에 어른거리는 햇살에 놀라 일어났다. 같은 방을 쓰는 천이는 보이지 않았다. 또 거기 간 건가? 요 며칠 새벽마다 천이는 수라간 뒤뜰에 갔다. 지금쯤 정화수 앞에 무릎 꿇고 이번 퇴출 명부에서 빼 달라는 기도를 올리고 있을 게 분명했다. 벌써 열흘째다.

연수는 반짇고리에서 천 조각을 꺼냈다. 바늘에 노란 실을 꿰고 홍매화에 꽃눈을 수놓았다. 매화, 백일홍, 민들레가 수놓아진 괴불주머니를 받을 사람을 생각하니 슬며시 웃음이 났다. 헝겊 괴불에 두툼하게 솜을 넣고 모서리에 빨강 파랑 색실도 달 생각이었다. 분주하던 연수의 손은 천이보다 먼저 방 안으로 들이친 찬 바람에 멈

칫했다.

"궁내부 왜놈들, 진짜 낯짝 두껍지 않아?"

천이가 이불 사이로 발을 밀어넣으며 성질을 부렸다. 맞장구를 치는 게 화를 돋우는 일이라 연수는 잠자코 듣기만 했다. 얼마 전 궁궐 내 환관과 궁녀들의 수를 더 줄일 거라는 궁내부 전갈을 받은 후 너나없이 불안한 얼굴이었다. 천이가 애꿎은 베개를 투덕거리는 것도 그 때문이었다.

"제 나라도 아니면서 왜 남의 나라 살림까지 간섭하려는 건지 웃기지 않아? 남이야 궁녀를 백 명을 두든 천 명을 두든 자기들이 무슨 상관이라고."

연수 역시 궁궐 여기저기에서 빤들대는 왜인들을 부딪칠 때마다 가슴이 벌렁댔다.

수방에 나갈 채비를 하고 방문을 나섰다. 이런저런 복잡한 심사로 잠을 설쳐서인지 자꾸 걸음이 더뎌졌다.

"며칠 전 수라간 나인 둘과 내관 몇이 잘렸대. 너도 들었지?"

천이가 바짝 붙어서며 목소리를 낮췄다.

"상궁마마께서 입조심하라고 했는데… 너도 참!"

연수가 눈을 할끔거리자 천이가 입술을 샐쭉했다.

"아무리 왜인들한테 궁궐 살림이 다 넘어갔어도, 우리 녹봉에까지 손대진 않을 거야, 그지?"

퇴출 걱정은 금방 녹봉 타령으로 넘어갔다. 뭔가 안심되는 말을 들어야겠다는 듯 천이는 끄덕졌다.

"황후마마께서 어련히 알아서 하시겠어?"

그제야 천이의 얼굴이 환해졌다.

연수가 수방에 들어서자 수런거림이 뚝 그쳤다. 대놓고 꼬나보지 않았다 뿐 나인들의 얼굴에는 달갑지 않은 기색이 역력했다.

"상궁마마께서 특별히 챙기는 아이니까 당연히 명부에서 빼 주시겠지."

"안주수장의 외손녀라는 걸 왜인들이 알게 되면 달라질걸."

나인들의 수군거림은 좀체 그치지 않았다. 박 상궁이 입단속을 시켰지만 원래 나쁜 말은 더 빨리 퍼졌다. 퇴출 명부 때문에 속이 속이 아닐 테지. 연수는 못 들은 척했다.

연수는 수틀 앞에 앉아 숨을 골랐다. 열흘 전부터 시작한 병풍 자수는 황후의 내전에 들여놓을 것이었다. 이번 자수에는 특별히 연꽃무늬를 넣으라는 박 상궁의 분부가 있었다.

"연꽃은 예부터 '화중군자'라 했느니라. 연꽃은 꽃과 씨를 한꺼번에 내는 까닭에 자식을 많이 낳기를 바라는 여인네들에게 선물하는 것이 통례다. 이 자수에 더욱 마음을 다해야 할 연유를 미루어 짐작할 수 있겠지?"

박 상궁의 말을 떠올리며 연수는 땀땀이 온 마음을 다했다. 돌아가신 순명효황후도 후사 없이 돌아가신 터라 온 나라가 새 황후마마의 임신을 소망했다. 한 땀 한 땀 메워 갈 때마다 연수는 황후의 회임을 빌고 또 빌었다.

1889년 김홍탁이라는 자가 태황제의 가비(커피)에 독약을 탔는데, 늘 마시던 맛이 아니라 태황제는 마시다 그만뒀지만 어린 왕세자는 그걸 다 마시는 바람에 양물이 오그라들었다는 얘기는 궁 안에서 비밀 아닌 비밀이었다. 그 일로 혼인한 지 세 해가 지났는데도 황후가 숫처녀일 거라는 말까지 나돌았다. 어느새 연수의 이마에 송골송골 땀이 맺혔다.

종알대던 수방 아이들도 언제 그랬냐 싶게 모두 제 일을 시작했다. 자수의 좋은 점 중 으뜸은 수를 놓는 동안에는 세상 시름을 모두 잊게 된다는 것이었다. 연수의 손놀림이 빨라졌다. 수방 안은 가위질 소리와 숨소리로 가득 찼다.

"상궁마마께서 오셨어요."

요즘 들어 박 상궁이 수방에 드는 횟수가 부쩍 늘었다. 퇴출 소문에 술렁대는 나인들 때문일 것이다.

"자수는 삼국시대부터 시작되었다는 것쯤은 다들 알고 있겠지?"

박 상궁이 나인들을 찬찬히 둘러보았다. 수방 안은 기침 소리 하나 들리지 않았다.

"네. 알고 말굽쇼."

남정네 목소리를 흉내 내는 천이의 대답에 수방 안은 잠깐 웃음이 터졌다. 손보다는 말이 앞서는 천이였다. 박 상궁 역시 얼굴을 일그러뜨리며 배어 나오는 웃음을 감췄다.

"예부터 여인네들은 자수에 자신의 소망과 바람을 새겨 넣었지. 학, 사슴, 거북이 같은 십장생에는 병에 걸리지 않고 오래오래 살고 싶은 무병장수의 소망을, 원앙, 나비, 기러기 문양에는 부부간에 서로 아껴 주고 은애하라는 애틋함을 담았단다. 거기에 부귀영화富貴榮華, 만수무강萬壽無疆, 수복강녕壽福康寧, 백년동락百年同樂 같은 글자를 더하기도 했지. 간절한 마음이 글자 하나 문양 하나에 깊이 수 놓아지기를 바랐는지도 모르지."

연수와 눈이 마주치자 박 상궁의 얼굴에서 미소가 싹 가셨다. 가르침에는 누구보다 엄격한 박 상궁이었다.

"이런 글자에 어울리게 당초문, 문살문, 완자문 같은 친숙한 문양을 함께 넣기도 했지. 특히 왕실에서만 쓰는 문양도 있는데 그것이 바로 용과 봉황이다. 용은 나라님의 신성함과 거룩함을 드러내기 때문에 나라님이 입는 옷을 용포, 곤룡포라고 하는 것도 그런 이유지. 그 생김새가 화려하고 아름다워 새 중의 으뜸으로 치는 봉황 문양은 원래 궁궐 자수에서만 썼지만 얼마 전부터 백성들도 혼례에 입는 원삼과 원앙금침에 쓰게 되었단다. 그런 데는 혼례가 인륜지대사이고, 하늘에서 맺어 준 인연이니 소중하고 귀하게 여기라는 뜻 때문일 것이다."

연수는 박 상궁의 한마디 한마디를 가슴에 담았다. 무심히 보았던 꽃과 새, 여러 문양에 저마다의 바람과 꿈이 담겨 있듯 수방에서 배우는 모든 것들이 더 넓은 세상으로 데려다줄 것이라고 믿었다.

"초심이라는 말을 들어보았을 테지?"

뜬금없는 박 상궁의 말에 수방나인들은 어리둥절해서 서로를 쳐다보았다.

"초심이 기생 이름이 아니라는 것쯤은 알죠?"

또 천이가 생글거리며 대꾸했다. 박 상궁이 이마를 살짝 찡그렸지만 이내 온화한 얼굴로 되돌아왔다.

"다들 수선스러운 궁궐 분위기에 마음이 싱숭생숭할 테지만, 이런 때일수록 처음 수방에 들어왔을 때의 다짐, 천 년을 이어 온 궁수(궁궐자수)를 지키겠다는 첫 마음을 잊지 말아야 한다. 세상의 거친 바람에서 나를 온전히 지켜 낼 수 있는 건 굳센 마음뿐이다. 우리가 굳건히 제 자리를 지키고 있어야 황후마마도 황제마마도 이 나라를 지켜 내지 않겠느냐?"

연수는 마음을 다잡으며 수틀에 손을 얹었다.

꽃과 풀들은 사는 곳을 가리지 않는지 담벼락 아래 매화가 찬바람 속에 꽃망울을 터뜨리고 있었다. 연수는 궁궐에서 매화를 보니 아버지를 만난 듯 반가웠다. 아버지는 사랑방 앞뜰에 있던 매화나무를 유난히 아꼈다. 북풍한설을 묵묵히 견뎌 내는 그 의연함이 좋다고, 매화처럼 한세상을 살아 냈으면 좋겠다고 했다.

"네 매화에서도 금방 향기가 풍겨 나올 듯하구나."

연수가 수놓은 병풍 속 매화를 보며 아버지는 그렇게 말했다.

"아버지는 저한테 너무 후하세요. 어머니처럼 품격 있는 수를 놓으려면 아직 멀었는걸요."

이제는 그런 말을 해 줄 아버지가 세상에 없다는 생각을 하자 마음이 울적했다.

마루로 올라서던 연수의 눈에 댓돌 위 꽃신이 들어왔다. 진달래 빛이 고운 운혜였다. 바짝 언 연수의 볼이 발그레해졌다.

"어머니는 버선 지으실 때마다 귀한 발이니 그에 합당한 대접을 해 줘야 한다며 버선목에 수를 놓으셨어요. 상궁마마님의 꽃신에 매화를 수놓으면 새봄의 기운이 천 리를 갈 듯합니다."

처음 박 상궁을 만나던 날, 연수가 꽃신을 보고 그렇게 말했다.

"천 리 가는 매화향이라? 그 꽃신은 내 것이고 내가 궁 밖으로 나갈 수 없으니 네가 들어오면 좋겠구나."

수방에 한 자리 마련할 이유가 또 생겼다며 희미하게 웃던 박 상궁이 떠올랐다.

방 안에 들어서자 박 상궁은 연수를 한 번 건너다보고는 이내 오조룡보로 시선을 떨궜다. 잔뜩 졸였던 연수의 마음은 오조룡보를 보자 먹물 퍼지듯 풀렸다. 돌아가신 할아버지가 운영하던 안주수방에서는 해마다 왕실의 부탁으로 오조룡보를 만들었다. 초록색의 꽃무늬 비단 위에 발톱이 다섯 개 달린 용이 여의주를 물고 있고, 그 주위에 구름, 물결, 불로초, 바위 같은 무늬가 수놓아져 있었다.

"내 솜씨로는 흉내조차 낼 수 없는 기품이 서린 것이…. 조선 제일 안주수라더니 빈말이 아니구나."

말과는 달리 박 상궁의 얼굴에는 쓸쓸한 기운이 감돌았다. 연수
는 슬며시 푸른 빛 보료 옆에 놓인 옻칠 자수함으로 눈길을 돌렸다.

"얼굴빛이 어두운 걸 보니 너도 마음이 꽤 어지러웠나 보구나."

연수는 지난밤 꿈에 아버지가 봉두난발의 모습으로 나타났다는
말을 차마 할 수 없었다. 그 모습이 너무나 생생해서 연수는 아침밥
도 먹는 둥 마는 둥 했다.

"김승수 역관을 알지?"

그 이름을 듣는 순간 연수의 얼굴이 하얗게 질렸다. 아버지의 황
망한 죽음이 떠올라 연수는 손으로 방바닥을 짚었다.

할아버지는 처음부터 종로 시전 안에 면주전을 내겠다는 아버지
를 말렸다. 몸을 낮추고 때를 기다리는 것도 어지러운 세상을 견뎌
내는 법이라며, 아버지가 수방 식구들을 다독이고 안주수방을 더
키우기를 바랐다.

"연수 어미에게 수방을 맡기셔도 되잖습니까? 아버님도 연수 어
미의 자수 실력이 조선 제일이라고 하시고선…"

바깥출입이 잦던 아버지가 면주전을 내는 데는 반년도 채 걸리
지 않았다. 그 무렵 한성과 안주를 오가며 아버지를 부추긴 이도,
면주전 자리를 알아봐 준 이도 김 역관이었다.

연수네 식구들이 용두리에 새 집을 마련하고 아버지의 면주전이

차츰 자리를 잡아 갈 무렵 할아버지가 주재소에 잡혀갔다는 소식이 날아왔다. 할아버지가 국채보상운동에 돈을 보탠 것을 꼬투리 삼은 황당한 사건이었다.

안주수방은 대대로 왕실 혼례나 크고 작은 궁궐 행사에 필요한 병풍과 오조룡보, 노리개 같은 자수품을 납품해 왔다. 이런 왕실의 신뢰 덕분에 안주수는 조선 팔도에서 최고의 민수(민간자수)로 인정받을 수 있었다. 양반이라면 안주수 병풍을 갖는 게 평생의 소원이고 민가에서도 안주수 베갯모를 혼수 품목에 넣을 만큼 사랑을 받았다. 그러다 보니 할아버지는 황실에서 일본에 빌려 쓴 차관을 갚는 데 힘을 보태는 것을 도리라고 여겼다. 결초보은의 마음으로 한 행동이 발목을 잡을 줄은 할아버지도 몰랐다. 국채보상금에 보탠 돈이 의병 지원금으로 둔갑하면서 할아버지가 겪은 고초는 이루 말할 수 없었다. 그 일은 아버지에게도 불똥이 튀었다. 진고개 일본 상인들이 통감부의 위세를 등에 업고 시전 점포를 헐값에 사들이고 매점매석으로 상인들을 궁지로 모는 패악이 극심하던 때였다. 아버지는 조선 상인들을 규합해 광장 시장 상인회를 만들었다. 조합 선포식을 며칠 앞두고 아버지는 감옥에 끌려갔다. 누군가 아버지가 국채보상운동에 앞장선 안주수장의 아들이라고 밀고했기 때문이었다. 석 달도 안 돼 아버지는 약 한 첩 제대로 못 써 보고 세상을 떠났다.

아버지의 장례식 날 시전 상인들이 수군대던 걸 연수는 잊을 수 없다.

"김 역관이 수장 어른을 구명하겠다고 뛰어다닐 때부터 수상했었네. 수장 어른을 넘겨주고 점포 열 개를 불하받았다는 게 소문만은 아닐 걸세."

"수장 어른이 시장조합을 만들 때도 코빼기 한 번 안 내밀었잖은가."

어머니는 할아버지의 말을 들어야 한다고 끝까지 우기지 못한 걸 후회하고 또 후회했다.

"병규가 안주수방을 맡을 때까지, 연수 네가 안주수를 지켜야 한다. 너한테 큰 짐을 지워 미안하구나. 이 아비는 널 믿는다."

숨을 거두는 순간에도 아버지는 안주수의 대가 끊기는 것을 걱정했다. 어머니가 면주전을 빼앗기고 용두리에서 셋방살이를 할 무렵, 연수는 궁궐로 들어왔다. 아버지의 유언을 지켜야겠다는 마음에서였다.

연수의 손등 위로 눈물방울이 뚝 떨어졌다.

"네 아비의 면주전을 가로챈 파렴치한이 이제는 궁궐에까지 그 마수를 뻗치는 모양인가 보더라. 통감부를 어떻게 구워삶았는지 왕실의 공납권까지 갖게 됐다는구나. 그 말을 들으니 그자가 너한테 무슨 해코지나 하지 않을지 걱정이구나."

박 상궁의 어두워지는 얼굴 때문에 연수는 더욱 마음이 무거웠다.

괴불노리개

　천이는 여섯 살에 놀이궁녀로 궁궐에 들어왔다. 천이의 고향은 전라도 담양이었다. 가족들의 생계가 달린 손바닥만 한 땅에 갖가지 명목으로 세금을 뜯어 가니 일 년 내내 끼니 걱정이 그칠 날이 없었다. 종자 볍씨까지 빼앗는 것도 모자라 천이 아버지는 밀린 세금 대신 관아로 끌려가 매질까지 당했다.

　"온 가족이 밤도망을 해서 한성으로 올라왔어. 매 맞아 죽는 것보다야 나을 테고 지게품이라도 팔면 산 입에 거미줄 치랴 싶으셨나 봐. 한성이라고 사는 것도 만만한 게 아니더라. 담양 살 때보다 나을 게 하나도 없었어."

　"정말 힘드셨겠다. 고향을 떠나는 게 보통 마음으로 할 수 있는 일이 아니잖아?"

여러 번 들은 얘기인데도 연수는 처음 듣는 것처럼 말대꾸를 했다.

"세상물정 모르는 농투성이를 노린 모리배들 농간에 아버지는 들고 왔던 장사 밑천까지 날리고 눈앞이 깜깜하셨대. 자릿세 낼 돈도 없으니 지게꾼 일도 할 수 없고. 사나흘에 겨우 한 끼 먹으며 청계천 수표교 밑에서 구걸 생활을 했어. 그러다가 나는 상궁 눈에 띄어 궁에 들어왔고. 그렇게 십 년 살고 보니 궁궐이 내 집이나 마찬가지인데… 윤 나인이야 돌아갈 집이 있지만 나는 없잖아."

말끝에 시무룩해져서는 천이가 고개를 떨궜다. 굶고 살던 시절의 버릇이 남아 좀체 끼니를 거르지 않는 천이가 저녁밥을 반이나 남겼다. 연수는 이불 속에서 연신 손을 꼼지락댔다.

"퇴출 명부에 들어가면 콱 혀 깨물고 죽을 거야. 귀신이 돼서라도 궁내부 왜놈들 가만 안 둘 거…"

"이것만 있으면 절대 그럴 일 없을 거야."

연수는 며칠 동안 만든 괴불주머니를 내밀었다. 추위와 가뭄과 서리에도 꿋꿋하게 꽃을 피우는 매화와 민들레, 백일홍을 수놓은 거였다. 천이한테 나쁜 일이 생기지 않기를, 세상풍파에 꺾이지 않기를 바라는 마음을 담고 싶었다.

"어머 예뻐라. 정말 나 주는 거야?"

천이의 입이 귀까지 찢어졌다.

"이 괴불주머니가 너한테 복도 가져다주고 액운도 막아 줄 거야."

"민가 여인들이 찬다는 괴불주머니구나."

값비싼 패물을 가질 수 없는 서민들은 부잣집에서 한복을 짓고 남은 자투리 천을 얻어 괴불주머니를 만들었다. 비단 조각을 삼각 모양으로 접어 박음질한 후 모서리에 창구멍을 내 그 안에 솜을 도톰하게 넣고 다리에 색실을 달기도 했다.

"괴불노리개라고도 해. 여기 괴불의 세 귀는 물, 불, 바람 삼재를 눌러 주고 나쁜 일을 막아 주는 벽사의 의미도 있대."

"윤 나인의 말대로 얘가 퇴출 막아 주면 좋겠다."

천이는 괴불주머니를 요리조리 돌려보고 저고리 앞섶에 붙여 보기도 했다. 천연스러운 천이의 모습에 연수 마음도 푸근해졌다. 천이가 잠깐 기다리라며 반닫이 안에서 곶감을 꺼내 왔다. 수라간 나인들과 두루 친하게 지내는 천이라 주전부리 같은 걸 가끔 얻기도 했다. 한 번도 그걸 나눠 준 적 없던 천이라서 연수는 속웃음이 났다.

"이 꽃들도 안주수 기법으로 수놓은 거야?"

연수는 고개를 끄덕였다. 연수는 곶감을 나눠 반쪽을 천이에게 내밀었다.

"안주수는 남자들이 수를 놓는다던데 맞아? 난 도통 안 믿겨지더라."

"눈으로 직접 보지 않으면 다들 안 믿어. 아저씨들이 빙 둘러앉아 두툼한 손으로 수놓는 거 보면 나도 매번 신기했는걸. 어찌나 손놀림이 날렵하고 섬세한지 신선들이 땅으로 내려왔나 싶을 정도야. 이곳 궁궐에도 안주에서 만든 자수품들이 많아."

"그럼 너네 할아버지도 수를 놓으셨어?"

"아버지 돌아가시기 전까지는 하루도 손에서 바늘을 내려놓으신 적이 없었어. 특히 병풍 자수는 할아버지를 따라올 사람이 없다고들 했어."

한성에 와서도 상인들의 텃세에 시달리지 않고 금방 자리를 잡을 수 있었던 것도 아버지가 안주수의 대를 이을 수장이라는 이유가 컸다. 사람들이 아버지를 수장 어른이라고 부른 것도 그런 이유였다. 아버지가 돌아가신 후 할아버지는 어떻게든 안주수를 다시 일으키겠다며 동분서주했다. 보부상단의 본방들을 만나고 흩어진 행수들을 다시 끌어모았다. 계속되는 강행군과 불편한 한뎃잠은 끝내 노구의 할아버지를 쓰러뜨렸고, 아버지의 첫 기제사를 열흘 앞두고 숨을 거뒀다. 돌아가신 할아버지를 떠올리자 연수는 가슴이 메었다.

바늘 쥘 힘이 생기면서부터 연수는 수놓는 일이 세상에서 제일 재미나고 즐거운 놀이였다. 피는 속일 수 없다며 할아버지는 연수를 대견해했다. 연수를 무릎에 앉히고 할아버지가 들려준 안주수 이야기는 들어도 들어도 매번 신기하고 가슴 벅찼다.

"안주수는 언제부터 시작됐는데?"

"병자호란 때부터 본격적으로 안주수가 시작되었다고 하셨어. 병자호란 때 왕실 사람들이 청국에 볼모로 끌려갔는데, 그때 호위무사나 수행원으로 따라간 양반들이 많았대. 낯설고 말도 통하지 않는 중국땅 산동에 갇혀 지내던 어른들이 무료함을 달래려고 중국 장인들에게 하나둘 자수를 배우기 시작했대. 내 생각에는 양반 신분에 그것도 사내가 어떻게 바늘을 쥐나 많이 고민했을 것 같아. 차츰 자수를 놓으면서 어른들은 한 땀 한 땀 바늘을 놀릴 때마다 타향에서의 외로움도 삭이고 고국에 대한 그리움을 달랬을 거야. 글 짓는 것처럼 자수에 마음을 담고 뜻을 새길 수 있다는 걸 알게 되고 나라 잃은 서러움도, 세상에 버려졌다는 비참한 마음도 수를 놓을 때는 잊어버리게 되었을 테고. 천이 너도 자수에 정신 팔다 보면 시간이 언제 갔는지 모르잖아?"

"그래도 조선에 다시 돌아와서는 사람들 눈도 있고, 특히 양반이라면 체면 그런 것도 따졌을 텐데, 어떻게 수방까지 만들게 됐대?"

천이가 말간 얼굴로 연수를 쳐다보았다. 연수는 천이의 그런 관심이 고마워 자꾸 말이 길어졌다.

"오랜 인질 생활에서 풀려나서 조선에 돌아왔지만 예전처럼 살 수 없었기 때문이래. 벼슬길은 끊기고 먹고살 일이 막막하다 보니 중국에서 배운 자수를 생계 수단으로 삼게 되었대. 알음알음 안주 수를 찾는 사람들이 많아지니까 수방도 만들고 그랬을 것 같아."

몇 대조 할아버지가 그런 분이었다는 할아버지 말에 어린 연수는 자신이 놓는 자수가 그렇게 오래된 세월을 품고 있다는 것에 숙연해지곤 했다.

"한성이나 평양 같은 곳이 아니라 왜 하필 안주래? 나 같으면 조선 팔도의 좋은 건 다 모이는 한성에 터 잡았을 것 같은데…"

"나도 그게 궁금해서 할아버지한테 물어봤었어. 할아버지 말씀이 당시 한양에는 좋은 양잠실이 없어서였대."

"말도 안 돼. 북악산 아래 북저동엔 선잠단도 있고 강 건너 사평에는 뽕나무가 엄청 많다던데?"

"한양으로 내려가던 길에 안주를 지나게 되었고 무성한 뽕나무 숲을 발견하셨대. 안주에는 일찍부터 누에치기를 시작해서 좋은 명주실이 많이 났거든."

"그럴 수도 있었겠다. 새벽에 일어나야 하니까 난 그만 잘래."

"정화수 떠놓고 빌려고?"

천이 비밀을 제 입으로 떠든 게 계면쩍어서 연수는 슬그머니 반짇고리를 끌어당겼다.

"아참, 괴불주머니 있으니까 안 해도 되는데… 하루 종일 너무 신경 써서 그런가 절로 눈이 감기네."

천이가 하품을 쏟으며 이불 속으로 기어 들어갔다. 연수는 솜이불을 목까지 끌어 올려 주었다. 잠버릇이 고약한 천이가 반 시각도 안 돼 걷어찰 테지만.

"괴불님, 노리개님. 퇴출 명단에서 빼 주시면 윤 나인한테도 잘할게요."

천이는 괴불주머니를 쥐고 낮게 웅얼거렸다.

퇴출 명부

점심나절에 최고 상궁이 들를 거라는 기별에 수방은 아침부터 어수선했다. 박 상궁이 나서서 이곳저곳을 살피고 나인들의 옷매무새를 챙겼다. 열흘 전에도 다녀갔는데 무슨 일인지 모르겠다며 나인들이 쑥덕거렸다.

"혹시 퇴출 명부 나온 거 아냐?"

연수의 귀에 닿는 천이의 목소리가 떨렸다.

"그런 일이라면 박 상궁 마마께서 먼저 말씀하셨을 거야."

"그렇겠지?"

연수 말에 천이의 눈빛이 누그러졌다.

점심상을 앞에 두고 나인들은 무리지어 앉았다. 연수는 멀찌감치 떨어진 곳에 자리를 잡았다.

"상궁마마의 속을 따뜻하게 녹여 드릴 복분자차예요."

찻잔을 든 손이 불안불안하더니 문지방을 넘던 천이가 앞으로 고꾸라졌다. 연수는 제가 쓰러진 듯 가슴이 철렁했다. 퇴출 명부가 나왔다는 소문 때문에 어떻게든 최고 상궁의 눈에 들려는 천이 마음을 아는 터라 더 안타까웠다.

"에구머니, 이를 어째."

찻잔이 떨어지며 찻물이 사방으로 튀었다. 최고 상궁의 치마는 금방 벌겋게 얼룩이 번졌다.

"나댈 때부터 저럴 줄 알았다니까."

나인 하나의 입에서 험한 말이 튀어나왔다. 치마를 내려다보는 박 상궁의 얼굴이 일그러졌다.

"곧 황후마마님을 뵈어야 하는데 이를 어쩌누?"

최고 상궁의 곤혹스러운 낯빛에 나인들이 죄인처럼 몸을 움츠렸다.

벌떡 일어난 귀옥이 다짜고짜 천이의 뺨을 후려쳤다. 기우뚱하는 몸을 간신히 버티며 천이가 제 볼을 감쌌다. 천이의 눈자위가 붉어지며 볼 위로 눈물이 흘렀다.

"난 귀옥 항아님이 참 존경스러워. 자수 솜씨는 수방, 아니 조선 제일일걸. 항아님이 수놓은 꽃을 보면 나비가 날아들 것 같아 가끔 오싹할 정도라니까."

입만 열면 귀옥이 자랑이 늘어졌던 천이였다. 자신을 상전 모시듯 한다는 걸 뻔히 아는 귀옥이라 더 놀란 얼굴이었다.

"덤벙대지 말라 그리 일렀는데. 저를 나무라시고 너른 마음으로 용서하십시오."

귀옥이 최고 상궁 앞에 무릎을 꿇었다. 일부러 그런 것도 아닌데 저렇게 할 것까지 있나 싶어 저도 모르게 연수는 눈살이 찌푸려졌다.

"이 무슨 해괴한 짓거리냐?"

노기 섞인 박 상궁의 말에 귀옥의 얼굴이 하얗게 질렸다. 연수는 팽팽한 방 안 공기가 질식할 것처럼 답답했다. 서로 다른 이유로 쩔쩔매는 두 동무를 위해 연수는 마음을 굳힌 듯 앞으로 나섰다.

"미흡한 솜씨지만 제가 수습해 볼까 합니다만…"

"아무리 신참이라도 그렇지 나설 데 안 나설 데 구분도 못하고…"

수군거림을 들었는지 귀옥이의 낯빛이 싸늘해졌다. 박 상궁도 당황한 듯 얼굴이 벌개졌다.

"상궁마마께서 당장 궁에 들어가 봐야 한다기에…"

후회보다는 이왕 내친 걸음이다 싶었다.

"혹시 네가 안주수장의 손녀라는 그 아이냐?"

최고 상궁의 목소리가 다정해 연수가 지레 더 놀랐다. 최고 상궁이 자신을 어찌 알까? 궁궐에는 비밀이 없다는 천이의 말이 떠올라 머리카락이 쭈뼛 섰다.

"네가 어떻게 할지 궁금하구나."

"제 어머니께 들은 옛이야기인데…"

박 상궁의 눈빛이 누그러진 걸 보고서야 연수가 입을 뗐다.

"옛날 사임당께서도 비슷한 일을 겪으셨다고요. 가난한 이웃집 부인이 옷을 빌려 입고 잔치에 오셨는데, 몸종이 국그릇을 떨어뜨리는 바람에 치마가 다 젖게 되었대요. 이웃집 부인이 쩔쩔매자 사임당께서 얼룩진 치마 위에 포도송이와 잎사귀를 그리셨다고요. 그덕에 이웃집 부인은 새로 산 치마를 돌려주고 곤란한 처지에서 벗어났다고 하셨어요."

박 상궁이 귀에 무어라 속삭이자 최고 상궁의 눈가에 설핏 웃음기가 돌았다.

"저도 돕겠습니다."

잔뜩 주눅 들어 있던 귀옥이가 거들겠다고 나섰다.

"너까지 번거롭게 그럴 것 없다."

박 상궁의 말에 귀옥의 얼굴이 얼음장처럼 굳어졌다.

"치마에 수를 놓겠다, 그런 말이냐?"

최고 상궁이 눈을 홉뜨며 물었다. 연수가 고개를 주억거리자 방 안이 술렁거렸다. 반신반의하며 최고 상궁이 치마를 건네주었다.

연수가 치마를 바닥에 편편하게 펼치자 나인들이 주춤대며 뒤로 물러섰다. 마른 수건을 접어 얼룩진 부분에서 물기를 닦아 냈다. 얼룩이 옅어지자 연수는 손바닥으로 자글거리는 부분을 꾹꾹 눌러 폈다. 서두르는 기색 없이 본을 대고 밑그림을 그려 나가는 연수를 최고 상궁은 흐뭇한 얼굴로 지켜보았다. 치마 위에 그려진 것은 영춘화 꽃송이들이었다.

능숙한 손놀림으로 연수는 수실을 바늘에 꿰었다. 연수의 손길은 차분하면서도 신중했다. 둘러앉은 나인들이 숨소리를 죽였다.

"얼룩이 크지 않고 자주색 치마라 저 아이 생각대로 영춘화가 어울릴 듯합니다."

"박 상궁도 나랑 생각이 같군요."

비단실과 바늘이 오르락내리락하는 연수의 손끝 따라 노란 영춘화가 점점이 피어나기 시작했다. 작은 얼룩에는 멍울진 꽃봉오리를 수놓고, 퍼진 얼룩은 활짝 핀 꽃송이로 마무리했다. 연수의 하는 양을 둘러서 보고 있던 궁녀들의 눈이 점점 벌어졌다.

"담벼락에 늘어진 꽃송이라, 자주 치마에 노란 영춘화가 썩 어울립니다그려."

치마를 내려다보는 최고 상궁의 입꼬리가 올라갔다.

"변변치 않은 솜씨를 칭찬해 주시니 제가 송구스럽습니다."

민망해하는 연수 대신 박 상궁이 말을 이어받았다.

"사람 보는 눈썰미는 내명부에서 박 상궁 따라올 사람이 없나 봅니다."

최고 상궁의 부추김에 박 상궁의 깊은 눈주름이 슬며시 퍼졌다. 곤란한 일을 겪지 않아 다행이라며 최고 상궁은 기분 좋게 돌아갔다.

"솜씨보다 그 의기를 더 높이 사 주고 싶구나. 애썼다."

박 상궁의 칭찬은 짧았다.

천이는 내내 쭈뼛대며 연수를 흘끔거렸다. 한참 뜸을 들이고서야 천이가 슬그머니 천조각들을 내밀었다.

"웬 거야?"

"세답방 동무가 준 걸 틈틈이 모아 뒀어. 나보다 윤 나인한테 더 필요할 것 같아서. 아까는 정말 고마웠어."

"우리는 동무잖아. 그런데 맞은 데는 괜찮아?"

"응. 아까는 창피해서 죽고 싶더라. 윤 나인이 나한테는 괴불주머니인가 봐. 그런데 그 괴불주머니, 누구 거야?"

천이가 연수의 수바구니를 넘겨다보며 물었다.

"꽃문양이 아니라 길상문인 걸 보니 남자 거 맞지? 윤 나인, 혹시 마음에 두고 있는 남정네가 있는 거 아냐?"

갑작스런 천이의 말에 연수는 제 마음을 들킨 것처럼 얼굴이 확 붉어졌다.

천이 말처럼 어릴 때에는 괴불주머니를 달고 다니다가도 나이 들면 남자들은 담배나 엽전 같은 걸 넣는 두루주머니를 갖고 다녔다. 전해 줄 방법도, 만날 기약도 없는데 연수는 지완을 생각하며 괴불주머니를 만들었다. 지완에게 나쁜 일은 피해 가고, 좋은 일만 생겼으면 좋겠다는 바람은 예나 지금이나 똑같았다.

지완은 안주수방의 행수로 있던 상두 아저씨의 업둥이였다. 집에 들어온 날, 처음 보는 사람들 앞에서도 어린 지완은 전혀 낯가림이 없었다. 주눅은커녕 말간 눈을 또르르 굴리며 지완은 주판에 정신을 팔기까지 했다.

"이건 뭐에 쓰는 거예요?"

되바라진 아이로 보일까 상두 아저씨가 쩔쩔매는 것도 어린 지완은 안중에 없었다. 만져 봐야 성에 차겠다는 듯 지완은 내내 손가락을 꼼지락거렸다. 그런 지완의 모습에 둘러서 있던 사람들은 모두 '고놈 참!' 하며 신통해했다. 그때 지완의 나이 여덟 살이었다.

지완은 금방 사람들에게 정을 붙였다. 남다른 붙임성에다 나이답지 않게 어른스러운 구석이 많은 아이였다. 수방 사람들 역시 지완을 처음부터 있던 사람으로 대했다. 상두 아저씨도 연등제 때마다 들르는 사찰의 노스님이 부탁해 데려왔다는 말로 전후 사정을 대신했다. 마흔이 훌쩍 넘도록 자식이 없던 상두 아저씨는 부처님이 맺어 준 인연이라며 너털웃음을 터트렸다.

"막된 집안 태생은 아닌 듯 행동거지도 반듯하고 하나를 가르치면 열을 깨우치는 아이일세. 다 전생부터 이어진 인연이니 공덕을 쌓는다 여기게."

할아버지의 말에 상두 아저씨는 흔연하게 생김새며 하는 짓이 영락없이 돌아가신 아버지라며 토를 달았다.

수방과 사랑채를 들락거리며 지완은 어깨 너머로 자수를 배우고 장사를 익혔다. 장부에서 어른들이 놓친 부분을 곧잘 잡아내고 열 살 지나서는 오랜 거래처인 청 상단의 행수와도 뜨문뜨문 말을 터서 수방 사람들을 놀래켰다. 할아버지가 중국말은 언제 배웠냐고 묻자 장사치가 알아야 할 말은 몇 가지 안 된다며 뒷머리를 긁적였다.

"저놈의 머릿속에 뭐가 들어 있는지 당최 알 수가 없어."

상두 아저씨는 자주 구시렁댔고 수방 어른들은 혀를 내둘렀다.

한성에 이사 온 후 연수는 안주와 한성을 오가는 종기 아저씨의 입을 통해 간간이 지완의 소식을 들었다. 지완의 장사 수완이 보통내기가 아니라는 말을 들을 때마다 연수는 마음이 좋았다. 능구렁이 같은 거간꾼들과의 밀당에 조금도 밀리지 않고 대충 넘어갈 일도 조목조목 따져 허투루 새는 일이 없다며 아버지도 지완이 할아버지 곁에 있는 걸 든든해했다.

중국말을 유창하게 하면서도 일본말을 배우기 시작했다는 종기 아저씨의 말을 들었을 때는 좀 의아했다. 연수의 뜨악한 얼굴을 보고 종기 아저씨는 곧 왜놈 세상이 올 것 같다고, 왜놈 말을 못 알아들어서 낭패를 당하면 안 된다고 했다는 지완의 말을 대신 들려주었다. 일어나지도 않을 일을 미리 준비하는 지완에 비하면, 눈앞의 일에도 절절매는 자신이 부끄러웠다.

지완을 다시 본 것은 아버지의 장례식에서였다. 어린 병수 대신 장례식 내내 문상객들을 챙기는 지완이 오라비처럼 든든하고 믿음직스러웠다. 할아버지는 아들을 앞세운 죄인이라 자책하며 끝내 장례식에 오지 않았다.

처음에 연수는 지완을 제대로 보지도 않았다. 하나밖에 없는 아들의 마지막 가는 길인데 업고서도 할아버지를 모셔와야지 혼자만 왔냐는 원망이 더 컸다.

장례식이 끝나고 안주로 돌아갔던 지완이 다시 한성에 내려온 건 한 달 뒤였다. 거뭇거뭇한 수염이 하나둘 돋기 시작한 지완의 얼굴은 찬 바람에 시달린 듯 까칠했다. 기차로 오갔겠지만 지완에게도 한성과 안주는 멀고 험한 여정이었을 것이다. 바짝 깎은 머리와 양복을 차려입은 지완이 낯설어 연수는 자꾸 흘끔거렸다.

"할아버지께서 따로 하신 말씀은?"

연수의 얼굴에서 시선을 떼며 지완이 어머니를 바라보았다.

"어르신께서 한성 살림이 제자리를 찾을 때까지 도와주라고 하셨어요. 저도 면주전 일이 마음에 걸리기도 하고요."

말을 끊고 지완이 연수 쪽으로 고개를 돌렸다. 지완의 눈빛이 볼에 닿는 듯 얼굴이 화끈거렸다.

"이제 와서 그 일을 다시 들추는 게 무슨 소용 있다고? 돌아가신 양반이 살아 돌아올 것도 아니고…. 연수 일만으로도 머릿속이 터질 것 같은데… 피곤할 테니 어서 나가 봐라."

어머니가 맥없이 말을 흐리자 지완이 무슨 일이냐며 걱정스럽게 되물었다.

"별일도 아닌데, 어머니도 참."

연수는 얼른 어머니를 막고 나섰다. 궁궐행에 대해 지완까지 알게 하고 싶지 않았다.

지완이 주섬주섬 자리에서 일어났다.

어머니가 편안한 숨을 되찾을 때까지 연수는 머리맡에 한참 앉아 있었다. 장례식 내내 아버지를 따라가겠다며 몇 번이나 정신을 잃었던 어머니라서 마음이 놓이지 않았다.

연수가 방문을 나서자 마루에 앉아 있던 지완이 벌떡 일어났다.

"머리 모양과 옷차림이 달라져서 딴사람인 줄 알았어."

연수의 입에서 생각지도 않은 말이 튀어나왔다. 임금도 곤룡포 대신 제복을 입고, 대신들 모두 단발을 했다는 얘기를 듣긴 했다. 시전 거리에서 양복 차림의 일본인과 서양인들을 더러 보긴 했지만 짧은 머리와 양복 차림은 지완을 딴사람으로 바꿔 놓았다. 어둑어둑한 탓에 조끼 속 와이셔츠에 눈이 부실 만큼 희었다.

"그렇게 많이 이상해?"

지완이 희미하게 웃으며 소매 끝을 잡아당겨 손등을 덮었다. '서양 사람 같아서.'라고 말하면 어색하고 께끄름한 분위기가 가실까? 연수는 괜한 말을 내뱉은 자신에게 화가 났다.

"겉모습을 바꾸면 생각도 달라진다고 하신 어르신 말씀이 떠올라서 말이야. 이제부터 한성 사람으로 살 건데 달라져야 할 것 같기도 하고."

안주 사람에서 한성 사람으로 살겠다니. 안 그래도 영락없는 한성 사람이라는 말을 아무렇지 않게 할 수 있으면 좋겠다 싶었다. 안주 할아버지한테는 죄송스러운 일이지만 지완이 한성에 있어 얼마나 든든한지, 고맙다는 말을 해야 하나 어쩌나 생각이 복잡해졌다. 연수가 그런 생각으로 우물대고 있을 때 지완이 불쑥 말했다.

"이제부터 이름 불러도 되지? 두 살 많은 오빠가 동생 이름 좀 부른다고 흉 될 것도 없지만 그래도 네 허락이 필요할 것 같아서 말이야."

연수의 생각이 무엇보다 중요하다는 지완의 말은 연수의 가슴에 잔물결을 일으켰다.

연수는 장례식 내내 얼굴을 마주할 일도 없었지만 어쩌다 부딪치면 '저기…' 하고 어물대던 지완이 떠올랐다.

"안주 살 때도 연수라고 불렀잖아. 새삼스럽게 무슨 허락은."

"네가 그렇게 선선히 말해 주니 진짜 오라비가 된 것 같은데 뭐."

보따리를 집어 드는 지완이의 얼굴이 심상치 않았다.

"수장 어른의 죽음에는 우리가 모르는 뭔가 있는 거 같아. 면주전도 자리 잡았고, 누구한테 원한을 사거나 해코지당할 분이 아니시잖아? 큰어르신 말도 그렇고 아무래도 김 역관이라는 자가 자꾸 마음에 걸려."

지완의 입에서 나온 이름에 연수의 몸이 바짝 굳었다.

"김 역관을 알아?"

놀란 연수의 목소리가 도드라졌다.

"몇 번 본 적 있어. 지난해에도 큰어르신을 찾아왔으니까."

"무슨 일로?"

"수장 어른의 심부름이라던데. 넌 들은 말 없어?"

김 역관과 아버지가 그렇게 가까운 사이였나? 밥물 끓듯 연수의 마음은 좀체 가라앉지 않았다.

"마지막 본 게 언젠데?"

"내 기억으로는 지난가을이었을 거야. 김 역관이 무슨 말끝에 제 딸을 약속의 징표로 내놓겠다고 해서 큰어르신이 호되게 나무라셨어. 아무리 이문 남기는 게 최고인 장사치라도 제 살붙이의 목숨을 담보로 내놓다니, 그게 아비로서 할 말이냐고 언성을 높이셨어."

김 역관의 딸이라면 난경이었다. 어느 날 자수를 가르쳐 달라며 김 역관이 난경이를 데리고 어머니의 수방에 왔다. 지완의 말대로라면 김 역관이 할아버지를 뵙고 한성에 돌아온 그 무렵이었다. 자수를 배우겠다면서 난경이는 자수보다 늘 딴 데 더 정신을 팔았다. 김 역관이 아는 남대문 시장의 전주 딸이 여학당에 다녔다는 이유 하나로 엄청난 집안에 시집갔다며 자기도 곧 여학당에 다닐 거라고 떠벌리기도 했다.

"아무래도 김 역관이 안남미를 사 들인 일에 관련돼 있는 게 분명해."

"안남미?"

뜬금없는 말이라 연수는 대수롭지 않게 되물었다. 아버지가 돌아가시면서 연수는 웬만한 일에는 놀라지 않게 되었다.

"예전에도 가뭄과 홍수로 쌀값이 치솟으면 궁궐이 나서서 쌀을 수입했다는 말을 들은 적 있어."

연수는 쌀을 사 오는 게 김 역관과 무슨 연관이 있는지 도통 갈 피를 잡을 수 없었다.

"안남미를 들여와 시중에 되팔면 이문이 엄청나거든. 몇 배 가격 으로 팔기도 하고 쌀에다 모래나 쌀겨를 섞기도 한다니까. 그걸 알 고 있는 김 역관이 안남미를 수입하려고 계획적으로 큰어르신한테 접근했을 거야. 안남과 거래를 트려면 청 상단의 보증이 필요한데 큰어르신은 수십 년 그곳과 거래하셨잖아. 혹시 수장 어른이 김 역 관한테 오조룡보 준 적 있어?"

지완의 말에 연수의 가슴이 쿵 내려앉았다. 오조룡보는 지금 임 금의 할아버지인 흥선대원군이 할아버지에게 하사한 것이었다. 집 안의 영광이라며 목숨처럼 소중하게 여기던 가보였다. 집안의 오조 룡보가 없어진 것을 안 것은 기제사 때였다.

"제사상에 늘 올려놓는데 장롱 속 문서함에 있어야 할 오조룡보 가 감쪽같이 없어진 거야. 아버지께서 얼마나 낙담하시던지 지금 생각해도 가슴이 철렁해."

"그걸 들고 큰어르신을 찾아왔던 거군. 오조룡보가 나올 데라곤 궁궐 아니면 수장 어른밖에 없는데 기제사 무렵이었으니 김 역관이 가져온 오조룡보를 궁궐에서 증표로 내준 거라고 생각하셨던 거야. 그래서 김 역관의 일을 도와주는 게 나라님의 뜻이라고 믿으셨던 거고. 김 역관의 딸이 오조룡보 훔친 거지?"

"열흘쯤 지나서 난경이가 오조룡보를 들고 왔어. 너무 예뻐서 아버지한테 보여 드리려고 가져갔다고, 훔칠 생각은 없었다고 울고불고 난리도 아니었어. 나중에 달려온 김 역관이 어떤 식으로든 죗값을 치루겠다고 백배사죄하는 통에 아버지도 어쩔 수 없으셨을 거야."

연수는 지금도 난경이 오조룡보를 넣어 둔 곳을 어떻게 알았는지 궁금했다. 어머니는 어린애니까 예쁜 걸 보면 잠깐 이성을 잃을 수도 있는 거 아니냐며 아버지를 진정시켰다.

"음, 앞뒤 일을 맞춰 보면… 난경이 오조룡보를 훔쳐서 김 역관한테 갖다준 거네. 수장 어른 일을 많이 도와준 사람이라 여겨 큰어르신도 별 의심하지 않으셨던 거고."

그다음은 뻔했다. 할아버지의 추천장을 들고 김 역관은 청 상단을 만났고 당연히 청 상단은 안주 수방을 믿고 안남미 수천 섬을 배에 실었을 것이다.

"김 역관 혼자서 그 큰일을 벌이지는 않았을 거야. 내 짐작이 맞다면 통감부의 감독을 받는 탁지부와도 연관돼 있을 거야. 그때 들여온 미곡들은 일인들의 미전에서 거의 다 팔았다니까. 경무국에 잡혀간 김 역관은 제대로 취조도 받지 않고 바로 풀려났다면서? 그러고도 수장 어른을 구하겠다고 온갖 야슬을 다 떨고 면주전까지 빼앗은 걸 생각하면…"

말을 잇지 못하는 지완의 볼살이 부르르 떨렸다. 지완의 거친 숨소리가 연수의 볼에 닿았다.

할아버지와 안주수방을 팔아서 엄청난 축재를 하고, 모든 죄를 아버지한테 뒤집어씌우고… 김 역관의 욕심이 할아버지를 쓰러뜨리고 아버지의 목숨까지 앗아 갔다고 생각하니 억장이 무너졌다. 돌이 얹힌 것처럼 숨이 턱에 걸려 쉬어지지 않았다.

"면주전 사람들 말로는 수장 어른이 화폐 개혁으로 자금난을 겪은 데다 어음 거래까지 금지돼서 많이 힘들어 하셨대. 시전 점포 중 절반 넘게 일본 상인들에게 넘어가고, 일본 상인이 수입해 온 값싼 영길리(영국) 옥양목 때문에 조선 직물은 팔리지 않았으니 엎친 데 덮친 격이었을 거야. 수장 어른이 면주전을 살리려고 광장 시장 상인회를 만든다 하셨을 때도 김 역관이 종자돈을 댔을 거래. 수장 어른의 발목을 잡을 속셈으로 그랬다면… 을사오적보다 더 나쁜 놈!!"

헛말 할 지완이 아니었다. 장례식에서 아까운 사람 잃었다며 목 놓아 울던 김 역관을 떠올리자 연수는 속까지 메슥거렸다.

"아무래도 김 역관의 상단에 들어가야겠어."

"뭐? 제 발로 호랑이굴에 들어가겠다는 거야?"

김 역관은 젊은 혈기로 상대할 만한 사람이 아니었다. 섣불리 나섰다가는 아버지처럼 당할 건 불 보듯 뻔했다. 안주수밖에 모르던 아버지가 일인을 등에 업은 김 역관을 상대하는 건 처음부터 계란으로 바위치기였다.

"수장 어른의 억울함을 풀어 줄 방법은 그것밖에 없어."

지완이 굳은 얼굴로 딱딱하게 말했다. 연수는 어떻게든 지완을 막아야 한다는 것 말고는 아무 생각도 떠오르지 않았다.

"아무래도 지금 마님께 말씀드려야겠어. 하루 이틀 미룰 일이 아닌 것 같아."

말릴 틈도 없이 지완은 안방 쪽으로 몸을 돌렸다.

"네가 우리 옆에 있겠다 싶어 마음이 놓였는데 이렇게 집을 나가겠다니… 먼 길 오느라 여독도 풀리지 않았을 텐데 며칠이라도 여기 있으면 안 되겠냐?"

어머니는 어떻게든 지완을 붙잡으려고 했다. 연수는 별나게 서두르는 지완이 섭섭했다.

"아닙니다. 큰어르신이 부탁한 일도 있고, 면주전 일로 알아봐야 할 것도 많아 제 마음이 급해서 그럽니다. 자리 잡히는 대로 자주 들를 테니 걱정하시지 마세요."

지완은 여러 말로 어머니를 안심시키려고 애썼다. 지완이라면 사나흘이 멀다 하고 집에 들를 거라는 걸 알면서도 연수는 지완을 편들지 못했다.

며칠 뒤 지완은 김 역관의 행랑방으로 짐을 옮겼다. 뭉그적대는 성격이 되지 못하는 지완이라 그럴 거라 예상했지만 연수는 가슴에 횡한 바람이 부는 것 같았다. 그것이 지완을 본 마지막이었다.

동갑내기 황후

"아직 묘시(오전 5~7시)도 안 됐는데, 벌써 기침하시다니 잠자리가 불편하셨나요?"

김 상궁이 걱정스러운 얼굴로 황후를 살폈다.

"아닙니다, 상궁. 바람소리 때문에 잠을 좀 설쳤을 뿐이에요. 일찍 깨니 정신이 맑아지는 게 되레 기분이 좋군요."

황후는 잔뜩 긴장한 김 상궁을 보며 애써 목소리를 밝게 했다.

"세수간 나인을 들어오라 할까요?"

황후의 표정을 보고 김 상궁이 잰 몸짓으로 일어섰다. 그 짧은 사이 미처 못 한 말이 있는지 김 상궁이 입을 달싹였다.

"아침에 궁내부 대신이 든다 했지요? 또 그 일 때문이겠지요."

넘겨짚는 황후의 말에 김 상궁이 몸둘 바를 몰라 했다.

을사년에 맺은 조약으로 궁궐 안은 점점 왜인들 천지가 되어 갔다. 오백 년을 이어 온 왕실이지만 그들의 눈에는 굴복시켜야 할 대상일 뿐이었다. 요즘은 내명부 깊숙한 곳까지 간섭하려는 속셈을 부끄러운 줄도 모르고 드러냈다. 고약한 일이지만 황후에게는 그들을 물러서게 할 힘도, 명분도 없었다. 법도니 왕실의 위엄이니 따지는 게 우스운 세상이었다.

황후의 불편한 심기를 눈치 챈 김 상궁은 얼른 고개를 떨궜다.

열세 살의 어린 나이로 궁궐에 들어왔을 때부터 김 상궁은 유일하게 마음놓고 기댈 수 있는 친정붙이 같은 사람이었다.

"무슨 할 말이 있는 듯한데… 편히 얘기해 보세요."

황후가 언짢은 표정으로 입을 뗐다. 속을 들킨 게 무안했던지 김 상궁은 한참이나 뜸을 들였다.

"수방의 박 상궁이…."

"박 상궁에게 무슨 일이라도 있나요?"

황후가 마음을 감추느라 천천히 보료 위에 손을 올려놓았다.

"그게 아니라, 통감부에서 빨리 퇴출 명부를 올리라는 말에 박 상궁이…"

김 상궁이 말을 잇지 못하고 문 쪽으로 눈을 돌렸다. 지금도 문밖을 지키고 있을 일본 군관이 떠올랐는지 황후의 얼굴이 일그러졌다. 어제오늘 일도 아닌데 그녀는 목에 칼날이 닿은 것처럼 오금이 저렸다. 진즉부터 통감부에서는 왕실 처지에 어울리지 않는다며 궁궐 살림의 규모를 줄이겠다고 엄포를 놓았다. 궁녀들을 내쫓는 것도 모자라 간신히 남은 궁궐 사람들의 녹봉조차 한두 달 미루는 게 예사였다. 날이 풀리면서 창덕궁의 궁녀들을 대대적으로 줄일 거라는 소문이 나인들의 입에서 입으로 돌았다.

"명단에서 빠뜨린 궁녀가 있다고 하던가요?"

"그게, 그런 것이 아니라…."

"답답하니 머뭇대지 말고 얼른 말하세요. 상궁의 그런 행동이 저를 더 힘들게 합니다."

"박 상궁이 이번 명단에 있는 한 아이를 빼 달라기에 마마께 여쭤보겠다 덜컥 약조를 해 놓아서… 송구합니다."

김 상궁은 안절부절못하더니 결국 말까지 더듬었다.

황후는 국모의 위엄을 지키는 일이라면 허세라도 부려야 한다는 지밀상궁의 말을 떠올리며 입술을 깨물었다.

"아이라면, 나인 말인가요?"

"네. 수방나인이라는데 박 상궁이 어찌나 간청하는지…."

"박 상궁이 그리 말하는 걸 보면 자수 솜씨가 대단한가 보군요?"

"그럴 거라 짐작합니다만 상의사까지 없어진 마당에 새삼스럽게 그러는 걸 보면 남다른 뜻이 있나 싶기도 합니다."

"…"

허울뿐인 황후인 자기한테 무슨 힘이 남아 있다고? 낮게 고개를 조아리는 김 상궁을 보는 황후의 입에 헛웃음이 고였다.

"한번 들라고 전하세요. 박 상궁이 챙기는 아이라면 나도 보고 싶군요."

황후의 말에 김 상궁의 얼굴이 금세 환해졌다.

'어쩌자고 그런 허세를 부렸을까? 할 수만 있다면 뱉어 낸 말들을 다 주워 담고 싶구나.'

황후는 이 모든 게 달라진 바람 탓이라 여겼다. 휘몰아치던 바람 소리에 지난밤에도 몇 번이나 어수선한 잠에서 깨어났다. 황후는 자리에서 일어나 후원 쪽 문을 열어젖혔다. 세수간 나인들이 들이닥치기 전에 바깥 공기라도 쐬고 싶었다. 기다렸다는 듯 찬 바람이 몸을 타넘고 들어왔다.

'도대체 어떤 아이일까?'

황후는 깊게 숨을 들이쉬었다. 박하사탕을 문 것처럼 머릿속이 맑아졌다.

"마마, 대신들이 보낸 새해 선물입니다."

지밀상궁의 잔뜩 들뜬 목소리가 문밖에서 들렸다. 망해 가는 왕조라면서도 통감부의 일인들과 대신들은 때마다 바리바리 선물을 보내왔다. 조금도 달갑지 않았다. 그들은 아무짝에도 쓸모없는 것을 내밀고 제 필요한 것들을 빼앗아 가는 무서운 사람들이었다. 광산 채굴권이니 철도부설권이니 하는 것뿐만 아니라 궁궐의 치안권과 외교권까지 모두 손아귀에 넣은 지 오래됐다. 황후는 그들의 웃음

뒤에 감춰진 야욕이 진저리나도록 싫었다. 숨긴 송곳은 언제든 주머니를 뚫고 나와 손바닥을 찔러 댈 것을 알면서도 어쩌지 못하는 처지를 탓할 수밖에. 그래서 더 자신의 처지가 저주스러웠다. 황후는 얼른 문을 닫고 힘없이 주저앉았다. 보료 위에 얹은 황후의 손등 위로 햇살이 격자무늬로 어른거렸다.

지밀상궁을 따라 궁녀 둘이 보따리를 들고 들어왔다. 펼쳐 보라는 말에 지밀나인이 야무지게 묶인 보따리를 풀어 펼쳤다.

"마마, 진주분도 있습니다. 까맣게 탄 얼굴도 이 분 하나면 금방 뽀얘진다고…."

나이 어린 궁녀가 눈치 없이 호들갑을 떨었다. 김 상궁이 기겁해서 눈을 흘겼다.

"선교사 부인이 세창양행에서 구해 보냈나 봅니다. 분 하나 안 바르셔도 이렇게 어여쁘신데…."

김 상궁이 뒷말을 흐리며 진주분 상자를 옆으로 밀쳐 냈다. 돌아가신 시어머니 명성황후도 즐겨 발랐다는 말 때문이었을까? 황후는 싸늘한 눈빛으로 진주분을 쳐다보았다.

"한 번 발라 보시면 기분이 한결 좋아지실 겁니다. 어여쁘신 마마를 보시면 황제전하께서도 몹시 흡족해하실 거예요."

지밀상궁의 목소리가 한층 간드러졌다.

"이 아이들이 마마를 금방 양귀비 같은 용모로 바꿔 드릴 겁니다."

양귀비라면 한 나라의 명줄을 끊어 놓은 요사스런 여인네가 아닌가? 지밀상궁의 말에 김 상궁이 드러나게 눈살을 찌푸렸다.

황후도 진즉부터 지밀상궁이 왜성대 통감부 일인들과 가깝게 지낸다는 것쯤 들어 알고 있었다. 통감부의 위세가 내전 깊숙한 곳까지 미치지 않는 곳이 없으니 지밀상궁이 그런다 한들 별스러울 것도 아니었다. 궁궐에 들락거리는 왜인들은 화장품이나 비누, 치약, 양산, 모자 같은 진귀한 양품들로 궁녀들의 환심을 샀다. 코를 마비시킬 만큼 야릇한 냄새와 눈을 사로잡는 모양새는 여인네의 마음을 움직이기에 충분했다.

'분단장이라도 해야 궁녀들의 일감이 줄지 않을 테지?'

그깟 분단장, 질끈 한 번 눈감으면 못 견딜 일도 아니었다. 저 문밖에는 어떻게든 자신들에게 꼬투리를 만들어 주기를 기다리는 왜인들이 줄서서 기다리고 있지 않은가. 손톱 가시만 한 분란도 만들지 말자, 황후는 마른침을 삼켰다. 목구멍이 따끔거렸다.

지밀상궁의 눈짓에 세수간 나인 둘이 황후 옆에 바짝 붙어 앉았다. 황후는 눈을 감았다. 그제야 나인들이 조심스럽게 황후의 얼굴에 분가루를 펴 바르고 입술연지까지 칠했다. 살갗을 간질이는 분칠에 황후는 몸을 몇 번이나 움칠했다.

몇 분이나 흘렀을까? 하루 같은 몇 분이 지나고 나인들이 황후 앞에 분첩을 내밀었다. 이내 거울 속에 밀랍같이 하얀 분칠을 한 얼굴이 드러났다.

'파리한 얼굴빛과 새빨간 입술… 을미사변 때 돌아가신 그분 같아.'

놀란 황후는 재빨리 손으로 얼굴을 가렸다. 꿈에서라도 보고 싶지 않은 얼굴이었다.

"마마, 왜 그러세요? 저 아이들이 무슨 잘못이라도…."

김 상궁이 놀라 지밀상궁을 밀쳐 냈다. 넘어지며 손목을 접질렸는지 지밀상궁이 아픔을 참느라 입술을 깨물었다.

"어서 세안을 해 드려라. 상궁마마님도 이런 불경스런 짓일랑 다시 하지 마세요."

김 상궁이 눈썹을 치켜올리며 지밀상궁을 나무랐다. 서열로 치자면 아래인 김 상궁이 지밀상궁을 나무라다니 가당치 않은 일이었다.

김 상궁이 황후를 보료 위에 조심스럽게 눕혔다. 놀란 가슴을 가라앉히기라도 할 듯 황후는 눈을 감았다.

여인의 향기

　박 상궁의 눈빛과 마주치자 연수는 얼굴이 화끈 달아올랐다. 어머니와 어린 동생들 생각 틈틈이 지완의 얼굴이 자꾸만 겹쳐지던 지난밤이 떠올라서였다.

　주인을 닮은 정갈하고 소박한 살림살이에 연수의 눈이 갔다. 방 한 켠에 초록의 잎사귀와 붉은 모란이 수놓인 화초장은 여인의 뒤태를 닮은 듯 단아했다.

　"저 모란은 여인네로 태어나 여인네로 살지 못하는 우리네 처지를 닮은 것 같지 않느냐?"

　연수의 눈길을 따라가던 박 상궁의 얼굴에 쓸쓸한 미소가 어렸다.

　"향기가 없다 하여 모란을 꽃이 아니라 할 수는 없지요. 타고난 본성은 아무리 감추려 해도 저절로 드러나는 것이니 궁녀도 천생 여인네가 아니겠어요?"

"타고난 본성이라?"

박 상궁은 지그시 눈을 감고 되뇌었다.

"매화는 천 리 가는 향기로 제 본성을 드러내고, 연꽃은 그 열매로 제 본성을 드러내듯이 모란은 우아한 자태로 제 본성을 드러내는 건 아닌가 해서요."

연수는 박 상궁의 얼굴에 떠오르는 미소를 보며 얼른 말을 멈췄다.

"그러면 매화는 사군자로, 연꽃은 귀한 쓰임새로 대접받지만 모란에게 합당한 대접이 무엇일꼬?"

박 상궁이 떠보듯 물었다.

"병풍에 새겨진 모란의 흐드러진 모습은 마치 흥겨운 잔칫상에 불려 나온 모왕신 같아요. 제가 알기로 혼례 같은 왕실의 중요 의식에 쓰는 병풍이나 족자에는 모란이 빠지지 않는다 들었습니다. 모란만큼 귀하고 품격 있는 꽃이 없기 때문일 거라고…."

말을 얼버무리며 연수는 박 상궁의 얼굴을 살폈다.

"네 말은 제 몫의 그릇과 쓰임새가 있으니, 제 본성에 충실해야 한다는 말로 들리는구나."

박 상궁은 저고리 앞섶을 여미며 반듯이 몸을 세웠다.

"어머니께서는 타고난 본성을 거스르지 않고 분에 넘치는 것을 탐하지 않는다면 도리에 크게 어긋나지 않는다 하셨어요."

"일리 있는 말이구나. 네 어미의 가르침을 잊지 않으면 어떤 상황에서도 너를 지켜 낼 수 있을 것 같구나."

앞뒤 없이 주제넘게 나서는 것을 나무라지 않는 박 상궁이 고마웠다. 박 상궁은 조만간 황후를 뵈러 갈 테니 준비하라는 말을 꺼냈다. 연수는 말로만 듣던 황후를 만날 거라는 생각에 가슴이 두근거렸다.

박 상궁을 쫓아 연수는 솟을대문과 긴 회랑을 지나 박석이 깔린 너른 마당을 건넜다. 구중궁궐이라는 말처럼 담장 안은 넓고 깊었다.

박 상궁과 지밀상궁은 어색하게 눈인사를 나눴다.

"마마, 박 상궁이 들었는데 어떻게 할까요?"

"들라 이르세요."

연수는 박 상궁 뒤로 두 걸음 물러섰다.

지밀상궁이 연수에게 공손하게 굴고, 묻는 말 이외에는 아무 말도 하지 말라며 목소리에 날을 세웠다.

지밀나인이 문을 열었다. 떨리는 마음을 누르고 연수는 머리를 조아려 큰절을 올렸다.

"이리 가까이 오너라."

앳되지만 위엄이 서린 목소리였다.

무릎걸음으로 다가서던 연수는 황후 뒤에 놓여 있는 병풍을 보고 눈에 띄게 얼굴이 환해졌다. 그것은 안주수방에서 황실에 진상한 열 폭 병풍 〈매화도〉였다. 그 자수 병풍은 할아버지의 자랑이었다. 평양 출신의 왕실 전문 화가인 양기훈의 그림을 본으로 해서 수방의 궁수 아저씨들과 할아버지가 몇 달에 걸쳐 완성한 것이었다. 늙은 매화나무 군데군데 검은 옹이는 굵은 실로, 가운데 심지를 놓고 속을 메워 나가는 기법으로 입체감을 살린 병풍을 보다 보면 금방이라도 찬 바람 속에서 붉은 매화꽃을 피워 낼 것 같았다. 연수는 돌아가신 할아버지를 만난 듯 반가웠다. 눈앞이 어룽어룽해지며 눈물이 핑 돌았다.

간신히 마음을 추스른 후에야 연수는 다른 사람의 기척을 느꼈다.

"이 아이가 면주전 딸 연수지요?"

참기름을 바른 듯, 교태 흐르는 목소리였다. 여인의 입에서 제 이름이 불려지자 연수의 어깨가 움찔했다. 소리 나는 쪽으로 고개를 돌리자 자줏빛 모시 치맛자락이 보였다. 귀한 한산 모시옷을 입을 수 있을 정도라면 지체 높은 벼슬아치의 안주인일 게 분명했다.

"부인께서 어떻게 이 아이를 알지요?"

"알다 뿐입니까? 제 딸아이가 이 아이의 어미가 하던 수방에서 자수를 배웠는걸요. 저희 여식도 자수라면 꽤 솜씨 있답니다. 중궁전 수방에 있는 귀옥이라는 아이가 조카이기도 하고요. 호호!"

모시 수건으로 입을 가린 채 요란스럽게 웃고 있는 건 난경 어미였다. 귀옥이 난경의 사촌 언니라는 건 진즉에 알고 있었지만 이렇게 확인받는 건 유쾌하지 않았다.

기방 출신인 난경 어미가 본부인이 병석에 눕자마자 그 자리를 꿰찼다는 말은 시전의 소문 아닌 소문이었다. 이런 곳에서 난경 어머니를 만난 것보다 김 역관의 위세가 궁궐에까지 닿아 있다는 사실에 뒷골이 서늘했다.

"아, 그렇군요. 김 역관이 왕실에 도움을 주고 있다는 말은 들었어요."

황후는 난경 어미에게 의례적인 공치사를 했다. 그 말에 힘을 얻은 듯 난경 어미는 달뜬 목소리로 말을 이었다.

"무슨 말씀을요. 다 마마께서 어여삐 여겨 주신 탓이지요. 여기저기에서 황실과 줄을 닿게 해 달라 조르는 통에 바깥양반이 무척 난처한 모양입니다만. 호호호."

난경 어미는 수다스럽고 경박스러웠다. 황후의 얼굴에서 웃음이 걷히는 것도 모른 채 몸까지 들까불었다.

"오늘은 마마께서 이 아이에게 긴히 할 말이 있어 부른 것입니다. 실례가 되지 않는다면, 그만…."

박 상궁이 빨리 일어서 달라는 말을 에둘러 전했다. 난경 어미는 떨떠름한 얼굴과는 달리 목소리는 참기름 바른 듯 나긋했다.

"아, 예. 제가 눈치가 없었네요. 앞으로 종종 황후마마께 문후 인사를 드려도 될는지요? 바깥양반이 진귀한 물건을 꽤 많이 구해 온

답니다. 황후마마 곁이라면 그것들도 더 없는 호사를 누리는 것일 테지요."

난경 어미가 뭉그적거리며 자리에서 일어났다. 걸음을 뗄 때마다 치맛자락에서 사락사락 소리가 났다. 코끝으로 사향 냄새도 후끈 끼쳤다.

"저 나인이 그 아이인가요?"

"안주수방 윤 수장의 손녀 되는 아이입니다."

황후와 박 상궁의 말소리에도 연수는 난경 어미가 일어선 자리에 놓인 보따리에서 눈을 떼지 못했다. 왜색풍의 두툼한 보자기는 무척 화려해 보였다.

"저 자수 병풍을 만들어 보낸 곳 말이지요? 대대로 황실이 안수수방에서 받은 은혜가 많다 들었어요. 저 아이도 제법 솜씨가 있겠군요?"

병풍으로 시선을 주던 황후와 눈이 마주치자 연수는 황급히 몸을 낮췄다. 연수를 건너다보는 박 상궁의 입가에 잔주름이 잡혔다.

"억울하게 아비를 잃고 안주수를 지키겠다며 자청해 궁녀가 된 아이입니다. 마마와는 동갑내기이기도 하고요."

박 상궁이 연수를 흘낏 보며 한마디 덧붙였다.

동갑내기라는 말에 황후의 눈동자가 잠깐 흔들렸다. 좀 마르긴 해도 훌쩍 큰 키의 연수가 동갑내기라는 게 믿기지 않는 모양이었다.

"속 깊은 아이라 말동무 삼아 곁에 두시면 좋을 듯하여…."

"말동무라뇨? 상궁의 정신이 어찌 된 것 아닙니까?"

지밀상궁의 목소리가 파르르 떨렸다. 지밀상궁이 펄쩍 뛸수록 박 상궁은 더욱 얼굴을 밝게 했다.

"곁에 두고 보시면 알겠지만 마음을 헤아릴 줄 아는 아이입니다."

"지금 황후마마와 저 아이를 동무로 엮어 주자는 말인가요? 그런 해괴한 말은 살다 처음입니다. 제가 다 얼굴을 들지 못하겠군요."

지밀상궁의 말이 더욱 거칠어졌다.

"속마음 털어놓을 말동무 하나 없이 지내시는 것이 늘 안타깝고 마음 쓰였습니다. 좁은 소견으로 마마의 심기를 불편하게 했다면 용서하십시오."

지밀상궁의 매서운 눈초리에도 아랑곳 않고 박 상궁은 제 할 말을 다했다. 박 상궁을 노려보는 지밀상궁 때문에 연수도 마음이 조마조마했다. 자기 때문에 박 상궁이 험한 꼴을 당하는가 싶어 바늘방석이 따로 없었다.

"목소리 낮추세요. 저는 박 상궁이 어떤 마음으로 그런 말을 하는지 알 듯합니다."

황후는 궁궐에 들어온 후 늘 어른들에게 둘러싸여 살았다. 상궁은 물론 나인들조차 황후보다 나이가 많아 비슷한 또래의 나인들과는 마주칠 일이 없었다. 방 안에서도 문밖을 나서서도 다리 한 번 편히 뻗어 보지 못했다. 새장에 갇힌 새 같은 자신의 처지가 서럽기도 하고 가엽기도 했다.

든든한 울타리여야 할 사가의 친정붙이조차도 황후에게는 편한 상대가 아니었다. 자신을 황후 자리에 앉히기 위해 엄청난 빚을 진 친정 아비는 사흘이 멀다 빚을 갚아 달라며 임금을 졸라 댔다. 친정 아비의 헛된 욕망에 불을 지핀 건 큰아버지 윤덕영이었다. 그는 조카를 황후 자리에 오르게 한 후 왕실 최고 자리인 시종원경이 되었다. 황실 편에 서야 할 큰아버지가 통감부 편에 서서 임금을 괴롭힌다는 말을 들을 때마다 황후의 가슴에 대못이 박혔다.

"제가 황후마마를 이 자리에 오게 만든 사람입니다. 이 정도의 권세를 누리는 게 뭐 그리 허물이 된다 그러십니까?"

빳빳이 고개를 치켜들고 느물대는 시종원경은 황후에게 날카로운 칼처럼 위험했다.

"너무 나무라지 마세요. 저 아이는 일자리를 잃지 않아서 좋고 내게는 얘기 동무가 생긴다면 누이 좋고 매부 좋은 일이잖아요? 더구나 어지러운 마음을 다스리는 데는 자수만 한 게 없다고 한 건 지밀상궁인 걸로 기억하는데요?"

황후의 말에 지밀상궁이 동그랗게 눈을 치떴다.

"내명부에도 엄연히 규율이 있는데, 가볍게 생각할 일이 아닙니다."

지밀상궁은 께끄름한 속내를 숨기지 않고 드러냈다. 두 상궁 사이에 언쟁이 오가는 동안에도 연수는 구석에 놓인 보따리를 흘끔거렸다. 황후는 연수의 그런 순진함에 마음이 끌렸다.

"두 상궁의 말씀 모두 틀리지 않으니 너무 각 세우지 마세요. 이 아이가 저 보따리에 관심이 많은 듯하니 한번 끌러 보게 하시고요."

황후가 눈짓으로 보따리를 가리켰다.

볼을 실룩이며 지밀상궁이 마지못해 보따리를 풀기 시작했다. 연수는 눈을 반짝이며 지밀상궁이 하는 양을 지켜보았다. 이내 보따리 안에서 일본 기모노가 모습을 드러냈다. 화려한 붉은 색이 눈에 들어왔다. 붉은 비단 위로 크고 탐스러운 양귀비가 도도한 자태를 뽐냈다. 기모노는 이완용 총리대신이 안사람을 시켜 보낸 선물이었다. 당의를 벗고 이제는 기모노를 입으라는 무언의 압력 같아 황후는 불쾌했다. 흉악한 꿍꿍이속을 다 알면서도 당장 되가져가라는 말을 못 한 것이 내내 가슴에 얹혔다.

"네 보기엔 어떠냐?"

떠보듯 황후가 물었다. 무릎걸음으로 다가간 연수는 기모노를 뚫어지게 보았다.

"참 화려하고 요란스, 아니 고급스럽습니다. 그런데…"

"그런데?"

황후가 동그랗게 눈을 뜨고 앞으로 몸을 내밀었다.

"양귀비의 미려함이 사람의 마음을 홀리는 게 경국지색 같사옵니다."

연수는 속마음을 감추지 않았다. 뒤늦게 황후 앞이라는 생각에 허둥대자 지밀상궁이 끼어들었다.

"마마께는 소중한 물건일 텐데…. 저, 저, 무례하고 되바라진 말본새하고는… 마마, 용서하십시오."

지밀상궁이 연수를 쏘아보자 황후가 손을 내저으며 말렸다.

"처음 보는 순간 나도 저 아이와 같은 느낌을 받았습니다. 마음은 없고 겉만 번지르르한 것을 경국지색이라니, 재미난 표현이 아닌가요?"

황후의 말에 박 상궁의 굳은 얼굴이 펴졌다. 연수 역시 잔뜩 옹송거린 어깨가 가벼워지는 것 같았다. 조심스레 고개를 들던 연수는 황후의 눈에 설핏 어린 물기를 보았다.

'황후와 내가 동갑내기라니!'

열네 살 나이로 국모 자리에 올랐다는 것을 알고 있었는데도 처음 본 황후는 훨씬 어리고 여려 보였다.

박 상궁이 황후를 만날 거라고 했을 때 연수는 뛸듯이 기뻤다. 황후는 어떤 방에 살까? 황후는 뭘 먹을까? 황후가 입는다는 원삼에는 어떤 문양이 수놓아져 있을까? 황후라는 최고의 자리에서 상궁과 나인들의 수발을 받으며, 온갖 산해진미, 세상의 좋은 것, 탐나는 것 모두 가진 여인 아닌가? 그런데 방금 본 황후의 눈은 울고 있었다. 가장 높고 존귀한 자리에 있으면서 왜 그런 슬픈 표정을 지었을까? 내전을 나오면서 연수는 그 생각에서 놓여날 수 없었다.

"잘한 짓인지 아닌지, 아직도 갈피를 잡을 수 없구나."

수방 오는 내내 아무 내색도 않던 박 상궁이 혼잣말처럼 낮게 중얼거렸다.

'황후마마님도 별로 기분 나쁘진 않은 것 같던데요 뭐.'

아직도 연수는 황후를 직접 본 게 긴가민가 얼떨떨하기만 했다.

말동무 어쩌고 한 것이 모두 자신의 퇴출을 막기 위해 박 상궁이 어렵게 만든 자리라는 걸 안 뒤여서 마음이 편치 않았다. 만약 궁궐에서 쫓겨난대도 보통 사람은 평생 만날 수 없는 황후를 뵌 것에 기뻐하자 마음먹으니 견딜 만했다. 일본 최고의 기모노 자수를 본 것으로도 충분하다 싶었다.

"다시 황후마마를 만나더라도 아까처럼 나서고 그러면 안 된다."

"네. 저도 후회하고 있어요."

연수는 거북목이 되어 들릴 듯 말 듯 낮게 대답했다.

박 상궁의 말은 어머니와 나이 어린 동생, 돌아가신 아버지와 할아버지를 생각해서 더욱 몸을 낮추라는 것, 무엇보다 자수 실력을 키우는 데 힘쓰라는 뜻이었다.

"정말 황후마마께서 저더러 동무 돼 달라고 하실까요? 정말 그리 해 주실까요?"

연수는 어두운 황후의 얼굴이 생각나 마음이 무거웠다.

"널 이번 퇴출 명단에서 빼려고 둘러댄 말일 뿐이다. 마마와 동무라니, 그런 생각일랑 꿈에라도 하지 말거라."

박 상궁은 무슨 말을 하려더니 그냥 입을 다물었다.

베갯모 자수

박 상궁과 헤어져 연수는 수방으로 돌아왔다. 점심 후라 나인들이 쪽마루에 모여 앉아 있었다. 마당에 들어서던 연수는 기겁해서 뒷걸음질쳤다. 나인들 틈에 끼어 있는 난경이 때문이었다.

"언니 이제 오는 거야?"

연수를 본 난경의 얼굴에 반가운 기색이 완연했다.

"어떻게 여기에…."

그 말을 뱉는 순간 연수는 내전에서 보았던 난경 어미가 떠올랐다.

"어머니 따라왔다가 언니한테 지완 오빠 소식도 전해 주고, 줄 것도 있어서 말이야."

난경이 박하분을 들어 보이며 키득거렸다. 김 역관이 진고개 양품점에서 어렵게 구한 거라며 난경은 있는 대로 생색을 냈다. 난경이 꽤나 수선스럽게 구는데도 다들 무던히 참는 눈치였다. 아버지가 궁내부 관리들과 친하다는 난경의 말 때문일 터였다.

"둘이 예전부터 알고 지냈다며?"

천이가 전에 없이 곰살맞게 굴었다. 박하분을 만지작거리는 천이에게 난경이가 딴말을 했다.

"귀옥 언니는 언제 와…요?"

반말도 존대도 아닌 어중간한 난경의 말투가 거슬렸다.

"이거 한 달만 바르면 정말로 얼굴이 뽀애져?"

"당연하지. 연수 언니보다 더 뽀송뽀송한 아기 피부처럼 될걸…요."

섣달에 태어난 연수와 정월에 태어난 난경이 고작 몇 달 차이인데도 난경은 꼬박꼬박 언니라고 불렀다. 연수는 난경이 너무 스스럼없이 굴어서 적잖이 당황스러웠다.

"항아님 거 빼면 이건 남겠네?"

"그럴걸…요."

"얼마 쳐주면 될까? 신경 쓸 일이 많아서 그런가 얼굴은 푸석푸석하고, 잡티도 생겼는데, 이거 하나면 다 된다는 거지?"

가을볕엔 딸을 내보내고 미운 며느리는 봄볕에 내보낸다더니…. 구중궁궐 깊은 곳에 보여 줄 남정네 하나 없어도 얼굴에 마음 쓰는 걸 보면 영락없는 여인네였다.

58

자기가 더 좋게 값을 쳐주겠다는 나인들의 말씨름은 좀체 끝날 기미를 보이지 않았다. 나인들의 하는 꼴을 헤죽거리며 지켜보던 난경이 갑자기 벌떡 일어났다.

"내가 궁에서는 이야기 작당을 하지 말라고 그랬지? 이러다 상궁마마 눈에 띄면 뒷감당을 어찌하려고."

귀옥의 날선 목소리가 공중을 갈랐다. 종알대던 궁녀들이 붕어입을 하고 재빨리 흩어졌다.

"언니 주려고 박하분 챙겨 왔는데 너무 화내지 마."

"여기는 네가 함부로 들락거릴 곳이 아니라고 그랬지?"

난경이 진드기처럼 들러붙자 귀옥이 차갑게 난경을 밀쳐 냈다. 사촌 사이라더니 격 없이 지내지는 않나 싶었다.

"아버지가 서양 자수 가르쳐 주는 여학당을 알아보신다고 언니 언제쯤 궁에서 나올 수 있는지 물어만 보고 가려 했는데 연수 언니 만나서 그만…."

귀옥에게 몰렸던 나인들의 눈이 일제히 연수에게 쏟아졌다. 따가운 눈총을 받으며 연수는 귀옥을 말끄러미 쳐다보았다. 자신은 안주수를 지키기 위해 궁으로 들어왔는데 귀옥은 수방을 떠날 생각하고 있었다니, 연수는 어떤 얼굴을 해야 할지 난감했다.

싸한 얼굴로 귀옥이 난경의 손을 잡아끌었다. 몇 발짝 끌려가던 난경이 귀옥의 손을 뿌리치고 연수 쪽으로 달려왔다.

"지완 오라버니한테 좋아하는 여자 있다던데 누군지 알아? 알면 가르쳐 줘."

난경이 연수의 귀에 빠르게 말했다. 좋아하는 여자라니. 지완이라는 말에 얼굴이 후끈 달아오르는 게 어이없었다.

"어떤 년은 궁궐을 제 안방 드나들 듯하고, 누구는 언제 댕강 모가지가 잘릴지 모르는 처지고. 정말 불공평해."

입을 부루퉁하게 내밀고 천이가 종알거렸다.

저녁 무렵 박 상궁이 연수를 불렀다. 연수가 방에 들어서자 미리 와 있던 귀옥의 얼굴에서 웃음기가 싹 가셨다.

"너희를 부른 것은 따로 할 일이 있어서다. 내전의 원앙금침에 쓸 베갯모를 만들어 오라신다. 황후마마께서 너희들의 솜씨를 보고 싶다 하시니 성심을 다해야 할 것이다."

박 상궁의 말에 연수는 걱정부터 앞섰다. 먼저 들어온 나인들을 제치고 특별 대접을 받는다고 나인들이 수군거릴 게 불 보듯 뻔했다. 공연히 자기 때문에 안주수방의 후광 어쩌고 하며 할아버지에게 누가 될까 마음이 쓰였다.

"연수를 황후마마께서 추천한 건 나니까, 불만 있으면 이 자리에서 말해라."

연수의 마음을 들여다보기라도 한 듯 박 상궁이 귀옥을 보며 딱딱하게 말했다.

수방에 돌아오자 기다렸다는 듯 나인들이 둘을 빙 둘러쌌다.

"항아님, 무슨 일이래요?"

천이가 귀옥의 소맷부리를 잡고 몸을 비틀었다. 유난스레 살갑게 구는 천이에게 보내는 귀옥의 눈초리가 곱지 않았다.

"윤 나인한테 물어봐라."

귀옥의 싸늘한 말투에서 찬바람이 불었다.

"항아님 안색이 안 좋아 보이는데, 무슨 일이야?"

잔뜩 목소리를 줄이며 천이가 연수의 허리께를 쑤셔 댔다.

"상궁마마님이 황후마마 침전에 놓을 베갯모 수를 놓으라고 하셨어."

연수가 잠자코 입 다물고 있는 게 더 이상하게 보일 것 같아 입을 뗐다.

"너랑 귀옥 항아님 둘이만?"

둘러선 나인들의 눈이 휘둥그레졌다.

"상궁마마가 싸고돌 때부터 알아봤다만, 사람 홀리는 재주를 타고 난 모양이네."

대놓고 빈정대는 말은 무딘 칼처럼 연수의 마음을 할퀴었다.

"베갯모 자수는 순창수 다음으로 안주수를 최고로 쳐주니까 그런 걸 거예요."

뒤늦게 천이가 연수 편을 들었지만 뾰족한 시선을 밀어내기에는 역부족이었다.

"이번엔 서양자수 기법을 써 보면 어떨까요? 황후마마는 서양 이

불을 쓰실 것 같은데?"

"설마 잠잘 때도 양코배기 잠옷을 입으시겠어? 넌 말이 되는 소리를 해라."

나인들이 귀옥을 둘러싸고 한마디씩 했다. 끼리끼리 쑥덕거리며 할끔거리자 연수는 한층 머쓱해졌다.

'아무려면 어때. 상궁마마의 추천이 틀리지 않았다는 걸 실력으로 보여 주면 되는걸.'

연수는 마음을 다잡듯 입술을 앙물었다.

입춘이 지났지만 추위는 좀체 풀리지 않았다. 오늘내일 미뤄지는 퇴출 명부 때문에 나인들은 숨소리를 죽이고 몸을 낮췄다. 보고도 못 본 척, 들어도 못 들은 척, 그것만이 살얼음판 같은 궁궐에서 세월을 견뎌내는 유일한 방법이었다.

내전의 부름을 받고 연수는 베갯모를 챙겼다. 아침나절에 박 상궁이 내전에서 부르면 직접 가라고 일러 주었다. 설렘만큼이나 걱정스러운 마음에 연수의 발걸음은 더욱 조심스러웠다.

"박 상궁이 직접 보냈나 봅니다."

'직접'이라는 지밀상궁의 말에 내심 뜨끔했다. 지난번 말동무 삼으라는 말을 떠올렸는지 지밀상궁의 말투가 껄끄러웠기 때문이었다. 지밀상궁이 말도 섞기 싫다는 듯 연수에게 서두르라는 눈짓을 보냈다.

연수가 떨리는 손으로 보따리를 풀었다. 길상문과 원앙이 수놓아진 베갯모를 뚫어져라 보던 황후가 한참 만에 입을 열었다.

"어제 본 수방나인의 베갯모 자수와는 많이 다르구나. 희喜자 문양 안에 원앙을 수놓은 건 무슨 뜻이 있는 거냐?"

황후와 눈이 마주치자 연수는 얼른 머리를 조아렸다.

"민가에서는 새 인생을 출발하는 신랑각시에게 더불어 기쁘게 살라는 뜻에서 희喜자를 수놓는다고 들었어요. 혼인은 기쁘고 좋은 일이니까요. 그 글자 안에 금슬이 좋다는 원앙을 함께 수놓으면 기쁨이 두 배로 늘어날 거고 황후마마께서도 보통 여인네처럼 오래도록 행복하셨으면 하는 생각에…."

여인네 어쩌고 하는 연수의 말이 거슬렸는지 지밀상궁의 볼살이 실룩거렸다.

황후를 한번 올려다보고는 연수는 말을 이었다.

"제 어머니가 그랬습니다. 지아비와는 사랑으로 사는 게 아니라 정으로 산다고요. 서로를 가엾게 여기는 마음으로 함께한 세월은 다른 그 무엇으로도 대신할 수 없다 하셨어요."

"서로를 가엾게 여기는 마음이라?"

웅얼거리듯 내뱉는 황후의 낯빛이 흐려졌다. 수년 알아 온 사람처럼 자신의 처지를 짚어 내는 연수 때문에 황후는 마음이 느슨해졌다.

"왜 베갯모를 두 벌이나 만들었는지 물어봐도 되겠느냐?"

황후가 똑같은 문양의 크기가 다른 두 베갯모를 보며 물었다.

"지난번 뵈었을 때 마마께서 자주 관자놀이를 누르시는 걸 보았어요. 두통이 있으신 듯하여 혹시 베개가 높아서 그런가 하는 짐작으로… 낮은 베개가 도움이 되지 않을까 싶어 그리했습니다."

"오호, 베개의 높낮이가 두통하고 관련이 있다는 거구나?"

"저희 할아버지도 목침이 너무 높아 자주 목이 뻣뻣하다고 하셨거든요… 목이 편안하면 자는 동안 숨쉬기가 훨씬 수월하다 하시던 말씀이 생각났어요."

"내 두통은 네 할아버지와 원인이야 다르겠지만 들어보니 네 말도 일리가 있구나. 고맙다. 오늘밤엔 낮은 베개로 바꾸라 해야겠구나."

채 말도 끝내지 못하고 황후가 손끝으로 관자놀이를 눌렀다.

"마마, 어디 편찮으세요? 얼굴이 파리, 아니 너무 해쓱하세요."

연수가 무릎걸음으로 다가앉으며 걱정스럽게 물었다.

"오늘 날씨는 어떠냐? 며칠 두통으로 바깥을 못 나가봤더니 궁금하구나."

"올겨울은 따뜻하다고 그러지만 그래도 바깥은 아직 많이 춥습니다."

연수는 겨울이 춥지 않으면 나라 안팎에 좋지 않은 일이 생긴다는 민가의 속담이 떠올라 황후의 파리한 낯빛이 더 신경 쓰였다.

황후는 손으로 이마를 짚으며 눈가를 찡그렸다.

"생과방에 가서 한과와 마실 것 좀 내오세요. 좋은 선물을 받았으니 답례를 해야겠어요."

"제가 직접요? 나인들에게…. 아, 네."

황후의 싸늘한 얼굴에 지밀상궁은 허겁지겁 방을 빠져나갔다. 연수는 보료에 몸을 기대는 황후를 걱정스럽게 쳐다보았다.

"어머니는 마음에 쌓인 못된 기운이 몸의 병을 일으킨다고 하셨어요. 아마도 마마의 두통은…."

황후의 잦은 두통은 몸에 맞지 않는 옷처럼 불편한 황후라는 자리에서 비롯된 것이 아닐까? 연수는 그런 생각이 들자 황후가 더없이 가여웠다.

부용지의 겨울

"찬 바람이라도 쐬면 좋으련만…."

황후는 후원 쪽으로 고개를 돌렸다. 바깥의 차가운 바람을 맞으면 되레 두통이 가라앉을지도 모르지만 지밀상궁이 들으면 기겁할 일이었다.

지밀상궁이 방으로 들어설 것 같아 조마조마했지만 연수도 황후를 따라 자꾸 방문 쪽을 힐끔거렸다.

"나와 같이 후원에 나가 줄 수 있겠느냐?"

"누가 보기라도 하면 어쩌시려구요? 바깥은 생각보다 많이 추울 텐데요."

"고작 그런 일조차 마음대로 할 수 없다니…."

자책하는 황후를 보자 더는 어쩔 수 없었다. 연수가 쓰개치마를 챙겨 들었다. 뒷문을 열고 연수는 문밖을 살폈다. 연수를 보던 황후의 입가에 웃음이 번졌다. 자리에서 일어서던 황후가 어지럼증 때문인지 휘청했다. 얼른 연수가 황후의 팔을 잡았다. 황후의 몸이 온몸으로 전해졌다.

후원後苑으로 통하는 뒷문을 나서자 눈앞에 가파른 돌계단이 나타났다. 북한산에서 날아든 눈바람 때문인지 후원의 나무들은 얼음꽃을 달고 있었다. 채 녹지 않은 눈이 얼어붙어 길은 제법 미끄러웠다. 연수는 황후의 치맛단을 걷어 올리랴, 팔을 잡으랴 바빴다. 그나마 지켜보는 눈이 없어 다행스러웠다.

마지막 계단에 올라서자 황후는 허리를 펴고 찬 바람을 들이마셨다.

"벌써 두통이 다 나은 것 같구나."

이 정도의 추위야 연수에게는 아무것도 아니지만, 발갛게 볼이 언 황후를 보자 걱정이 앞섰다.

"마마, 바람이 제법 찬데, 그만 돌아갈까요? 길도 많이 미끄럽고요."

"찬 바람 앞에 서니 옛날 생각이 나는구나. 종로 거리를 뛰어다니고, 동생을 따라 동네 둠벙에 나가 얼음도 지치고…. 이왕 나섰으니 부용지까지 가 보자꾸나."

황후가 볼을 감싸며 환하게 웃었다. 머릿속이 맑아지고, 발끝에 힘이 실렸다.

1 - 일본놈의

2 - 이토가

3 - 삼천리 금수강산을

4 - 사방으로 돌아보고

5 - 오적을 매수하여 대한을 먹으니

6 - 육혈포로

7 - 일곱 발을 쏘아

8 - 팔도강산을 다시 찾으니

9 - 구사일생 남은 왜놈

10 - 십만 리 밖으로 달아나더라.

세상을 벗어난 듯 사방이 조용했다. 불안한 마음을 쫓으려는 듯 연수의 입에서 콧노래가 흘러나왔다. 황후가 더 자세히 들으려는 듯 연수 쪽으로 귀를 쫑긋 세웠다.

"무슨 노래냐?"

"제목은 모르지만, 수방 동무가 자주 흥얼거리는 노래예요."

"노래 가사 때문인지 답답했던 마음까지 한결 가벼워지는구나. 다시 한번 불러 주겠느냐?"

황후의 부탁에 연수는 다시 한번 노래를 불렀다. 지난해 하얼빈 역에서 안중근 의사가 이토 히로부미 통감을 사살한 이후 사람들 입에서 입으로 불려지는 노래였다.

"네 동무는 그 노래를 어찌 알았을까?"

"가끔 주부 나리의 심부름으로 시전에 나가기도 하니까 거기서 들었을 거예요. 소리꾼도 아닌데 한 번 듣고 그대로 따라 부르는 걸 보면 참 신기해요."

"어떤 아이인지 궁금하구나."

퇴출 문제가 불거지기 전까지만 해도 천이는 기생이 될 거라는 말을 달고 살았다.

"노래야 어찌 따라가더라도 그 얽은 얼굴은 어쩌려고?"

"발 뒤에서 노래하면 되지? 얼굴 때문에 수청 같은 거 안 들어도 되고 그런 꿩 먹고 알 먹고지 뭐."

수방나인들이 놀릴 때마다 천이는 천연덕스럽게 너스레를 떨었다.

"다시 들으니 나를 부끄럽게 만드는 노래구나."

지난해 이토 통감의 명복을 비는 제사를 장충단에서 올리자고 고종에게 건의한 사람은 황후의 큰아버지 윤덕영이었다. 을미사변 때 명성황후를 지키려다 일본 낭인들의 손에 죽은 홍계훈 같은 충인들을 기리는 사당에서 이토의 제사라니? 말도 안 되는 일이었지만 국민대추모회가 열리는 것을 아무도 막지 못했다.

달아오른 얼굴을 감추려는 걸까? 볼을 감싸는 황후를 보며 연수는 한층 목소리를 돋웠다.

"마마께서도 향원정에서 스케이트 타는 거 보셨어요?"

"봤지. 미끄러운 얼음 위라 그냥 걷기도 힘들 텐데 칼날 박은 신발을 신고 비호같이 달리는 게 정말 희한하더구나."

달라진 풍경 탓인지 황후의 목소리가 한층 밝아졌다.

"저도 신발 달린 썰매 타는 걸 본 적 있어요. 털모자를 쓴 양코배기 여자아이들을 보는 것도 신기했어요. 스케이트 타는 여자아이가 작두 타는 서양 무당 같다며, 갓 쓴 양반들이 꽁지 빠지게 달아나던 걸 생각하면 어찌나 우습던지…"

"서양 무당?"

"무당이라고 하는데 좀 화가 났어요. 칼 위에서 춤추면 다 무당인가요 뭐."

"얼핏 보면 무당처럼 보일 수 있는데 왜 그 말에 화가 난 거냐?"

"저 필요할 때는 온갖 아부 다 떨면서 돌아서서는 얕보는 게 화가 나서요. 그런 사람들이 무슨 일 있으면 제일 먼저 무당을 찾아갈걸요?"

"네 말도 아주 틀리지는 않구나. 그렇게 업신여기면 무당의 점괘를 믿지나 말지, 안 그러냐?"

"그건 황후마마의 말씀이 맞아요."

"후후. 부탁이 있는데 들어줄 테냐?"

"저에게요?"

마음만 먹으면 원하는 것을 다 가질 수 있는데 한낱 수방나인에게 부탁이라니. 뜻밖의 말에 연수는 동그랗게 눈을 치떴다.

"나한테 자수를 가르쳐 주지 않으련? 두통이 다 마음에서 온다는 네 말도 틀리지 않고, 자수가 마음을 다스리는 데 좋다는 걸 믿고 싶기도 하고."

"제가 어떻게? 자수라면 박 상궁마마한테 청하시면 기뻐하실 거예요."

"박 상궁은 좀 무섭지 않냐? 내 눈에만 그런 거냐?"

"겉으로만 차갑게 보이시지 전혀 그렇지 않으신데…."

"혹시 제자 삼기에 부족해서 그런 거라면 걱정 마라. 사가에 있을 때 길수 어멈도 제법 솜씨 있다 했으니 아주 불량한 제자는 아닐 게다."

따를 수도 물리칠 수도 없는 곤란한 상황을 모면해 볼 요량으로 연수는 얼른 딴말을 했다.

"그분은 누구세요?"

솜씨를 칭찬한 사람이 어머니나 할머니, 언니 같은 가족들이 아니라 길수 어멈이라니 궁금증이 일었다. 황후의 얼굴에 미소가 퍼졌다. 길수 어멈이 황후에게는 웃음을 짓게 만드는 사람인 듯했다.

"우리 집 행랑어멈이지. 어머니께서 돌아가신 열 살 이후로는 내게는 어머니 같은 분이시고. 너도 내 아버지에 대해 소문 들어 알겠지만…. 집안일에는 나 몰라라 하는 아버지 때문에 어머니는 평생 가슴앓이를 하셨지. 몸이 약한 어머니를 대신해 난 열 살 때부터 부엌살림을 도맡아 하다시피 했는데 그때 길수 어멈이 많이 힘이 돼

췄지… 이제 내 부탁을 들어줄 마음이 드는지 말해 줄 수 있겠지?"

황후의 되물음에 연수는 미소로 대답을 대신했다. 황후의 환심을 샀느니 어쩌니 하며 뒷말이 날 테지만 걱정하지 않았다. 동갑내기이지만 황후와 나인, 처지가 서로 다른 두 사람이 어떤 이야기를 나눠야 할까? 그런 고민은 하지 않았다. 수를 놓다 보면 몇 시간째 말없이 있어도 심심할 틈도 눈치 볼 일도 없을 테니까.

무슨 생각에서인지 연수는 황후를 향해 배시시 웃었다.

"마마, 전 맨발로도 스케이트 탈 수 있는데 한 번 보실래요? 노서아(러시아)라는 나라에서는 사시사철 이렇게 꽝꽝 얼어 있다고 하던데 진짜 그렇다면 놀랍지 않아요?"

황후가 말릴 틈도 없이 연수는 연못 한가운데로 걸어갔다. 여름이 남긴 흔적처럼 말라붙은 연꽃 대들이 군데군데 솟아 있었다. 연못에 한 발을 얹은 듯한 부용정은 대대로 임금이 신하들과 낚시를 즐기던 곳이었다. 수라간 아이들 말로는 화창한 봄날이나 단풍 고운 가을날에는 임금이 대신이나 통감부 관리들을 불러 이곳에서 잔치를 벌인다고 했다. 이토 통감과 함께 온 일본인 화가는 주합루에서 내려다보이는 부용지를 조선 최고의 풍경이라며 감탄사를 터뜨렸다는 말도 들었다.

예전 같으면 경칩도 지나 얼었던 한강이 풀릴 때였다. 연수는 발로 얼음 위를 몇 번 쿵쿵 굴렀다. 보기보다 훨씬 두껍게 얼었는지 발바닥이 얼얼했다.

"마마, 저 좀 보세요."

연수는 황후를 향해 손을 흔들었다.

"그러다 넘어지기라도 하면 어쩌려고 그러느냐. 어서 나오너라. 어서."

황후는 체면도 잊고 손을 내저으며 소리쳤다.

"걱정 마세요. 얼음 지치는 일이라면 자신 있거든요."

연수는 치맛자락을 종아리까지 끌어 올렸다. 황후 쪽을 향해 한 번 웃고 연수는 발을 앞뒤로 조심스럽게 밀었다 당겼다를 반복하며 앞으로 나아갔다. 연수의 몸이 휘청거릴 때마다 황후는 손으로 눈을 가렸다. 발놀림이 점점 빨라지는가 싶더니 연수는 얼음 위에서 뱅그르르 맴돌았다. 남색 치마가 봉긋하게 솟아올랐다.

"이제 그만 됐으니 누가 오기 전에 어서 나오너라."

마음이 단 황후가 연수를 채근했다.

"마마의 부탁을 들어드릴 테니 그럼 제 부탁도 들어주세요."

연수가 손을 동그랗게 모아 입에 대고 소리쳤다.

"부탁? 하나를 줬으니 하나를 받겠다는 거구나. 어떤 부탁이라도 다 들어주마 말하고 싶다만 그럴 만한 힘이 내게 있는지…"

얼굴에 그늘이 지며 황후는 들릴 듯 말 듯 혼잣말을 했다.

앙상한 가지 위로 까치가 후드득 날아올랐다. 저 까치처럼 이 자리에서 도망이라도 칠 수 있으면 좋으련만. 황후의 어깨가 한 뼘 내려앉았다.

"마마라면 능히 하실 수 있어요. 내명부의 수장이잖아요."

황후는 내명부의 수장이라는 연수의 말에 명치끝이 아릿했다. 없는 힘이라도 내보겠다는 듯 황후가 고개를 끄덕였다.

"마마, 수방 동무를 계속 궁에 머물 수 있게 도와주세요."

"그럼 넌 어쩌고? 넌 괜찮단 말이야?"

"저는 돌아갈 집도, 어머니와 동생도 있지만 그 아이는 궁에서 나가면 갈 데가 없어요. 마마께서 그러마 하실 때까지 여기에서 한 발짝도 안 움직일 거예요. 그러니 부디⋯."

말을 끝낸 연수는 얼음판 위에 무릎을 꿇었다. 황후가 그 모습에 기겁해 소리쳤다.

"알았다, 알았으니 그만하고 나오너라. 영 숙맥인 줄 알았더니 떼쟁이구나."

황후의 얼굴에 잠시 웃음이 고였다. 볼이 발그레해지며 연수가 자리에서 일어나 치마에 묻은 얼음조각을 털어 냈다.

"네가 참으로 부럽구나. 동무를 위해 제 것도 포기할 줄 알고, 둘의 우정도 아름답고."

연못가로 빠져나오던 연수는 갑자기 풀썩 고꾸라지는 황후를 보았다. 눈앞이 캄캄해지며 비명도 지를 수 없었다. 아득해지는 정신에도 연수는 황후의 코밑에 손가락을 갖다 댔다. 가느다란 숨결이 느껴졌다. 연수 혼자 쩔쩔매는 사이 박 상궁과 김 상궁, 나인들이 종종걸음으로 달려왔다.

금계랍

다음 날 아침 영문도 모르고 연수는 감찰나인들에게 끌려갔다. 밤새 고열에 시달린 황후 때문에 내의원들이 아침부터 문턱이 닳도록 들락거렸다며 나인들이 쑤군댔다. 반쯤 얼이 빠진 연수에게 감찰상궁은 황후를 후원으로 데려간 장본인이냐며 길길이 날뛰었다. 황후가 먼저 청한 일이었다고 발설하면 안 된다는 것쯤은 연수도 알았다. 입에서 나오는 순간 어떤 진실은 죄가 되는 때도 있는 법이었다. 감찰상궁의 으름장이 아니더라도 연수는 벌써 반쯤 얼이 나갔다. 찬 바람 맞은 것이 화근이었나? 손목을 조여 오는 고통보다 황후의 안위가 더 걱정스러웠다.

"미음 한 술 못 삼키시면서도 내의원한테는 내내 괜찮다고만 하시니…"

감찰상궁이 연수를 차갑게 노려보았다.

"네가 지은 죄가 얼마나 중한 줄 아느냐? 감히 황후마마를 꼬드겨 찬 바람을 맞게 하다니, 아무리 천지분간을 못해도 그렇지, 중벌을 피할 수 없을 거다."

서슬 푸른 감찰상궁의 눈에서 불이 일었다.

'바깥바람을 쐬지 않았더라면 마마께서는 두통으로 쓰러지셨을지도 몰라.'

연수는 그때는 어쩔 수 없었다며 스스로를 다독였다. 감찰상궁의 닦달에 지칠 무렵 김 상궁이 허겁지겁 달려왔다.

"황후마마께서 이 아이를 데려오라 하시네."

김 상궁도 화를 누르느라 애쓰는 기색이 역력했다. 그제야 연수의 발치로 툭 눈물이 떨어졌다.

"마마께서는 심약하신 게 탈이세요. 저런 아이는 따끔하게 혼구녕을 내서 궁 밖으로 내쳐야 내명부의 위엄이 서는 건데. 황후마마께서 네 목숨을 구하셨다. 감사하고 또 감사할 일이다."

감찰상궁의 허락이 떨어지고서야 나인 몇이 손을 동여맨 오랏줄을 풀어주었다. 저릿하던 손목에 차츰 피가 돌았다.

연수는 김 상궁 앞에 무릎 꿇고 머리라도 찧고 싶을 지경이었다.

"죄송해요. 모두 제 잘못이에요."

"내가 자리를 비우지 않았어야 하는 건데. 널 나무랄 자격이 내겐 없다."

김 상궁은 참았던 한숨을 가늘게 토해 냈다.

황후는 죽은 듯이 누워 있었다. 먼발치로도 황후의 얼굴은 핏기하나 없었다. 탕약을 들고 있던 내의원이 연수를 보고 눈살을 찌푸렸다. 황후가 간신히 힘을 내 말했다.

"이, 이리 가까이 오, 오너라."

김 상궁이 꾸물대지 말라는 눈짓을 보냈다. 황후의 마른 입술과 푹 꺼진 눈자위를 보니 연수는 목이 메었다.

"마마, 죽을죄를 지었습니다. 그때 말렸어야 했는데…"

"내 탓이니 너무 자책하지 마라. 내 다시 부를 테니 그때는 나와의 약조를 지켜야 한다."

황후가 연수에게 그 말을 하고 다시 눈을 감았다.

마마 곁에 다시는 얼씬하지 말라는 으름장과 함께 연수는 밖으로 내쫓겼다. 다리가 후들거려 연수는 무릎에 손을 얹고 한참 기둥에 기대 서 있었다. 그제야 와락 눈물이 쏟아졌다.

수방나인들도 연수를 거칠게 몰아세웠다. 연수 때문에 수방이 미운털 박히는 거 아니냐, 퇴출 명부에 무더기로 올라가는 거 아니냐며 씩씩거렸다. 황후가 연수의 베갯모 자수를 칭찬했다는 박 상궁의 말을 들은 후 더욱 뾰족해진 귀옥이를 대하는 것도 쉽지 않았다. 연수는 구석에 쪼그려 무릎에 머리를 파묻었다.

아침부터 꾸물꾸물하던 날씨는 끝내 눈발을 흩뿌렸다. 입춘이 지난, 철늦은 눈발이었다.

"기력을 좀 회복하셨다고 하더라만…"

중궁전에 다녀온 박 상궁은 수심이 깊어 보였다. 그게 모두 자기 탓인 것만 같아 연수는 좌불안석일 수밖에 없었다.

'금계랍이라면 황후마마의 고열을 낫게 해 줄지도 몰라.'

종기 아저씨가 구해 온 금계랍을 먹고 열이 펄펄 끓던 병수가 한 고비 넘긴 일이 있었다. 탕약과 뜸, 침이 치료의 전부라고 믿는 내의원들이야 서양 약이라면 덮어놓고 거부할 테지만 연수는 밤새 금계랍 생각만 났다. 지밀상궁에게 매달리면 궁궐에 들락거리는 양의사를 통해 금계랍을 구할 수도 있겠지만 엄두가 나지 않았다. 아마 입도 떼지 못하고 절절 맬 게 뻔했다. 황후에게 늘 후한 김 상궁에게 말이라도 한번 해 볼까? 천이 말로는 바깥 물건을 들이려면 궁내부의 허락을 받아야 하는데 그 절차가 엄청 까다롭고 복잡하다고 했다. 우물쭈물하는 사이 황후의 병세가 더 깊어질지도 몰랐다.

밤새 뒤척이던 연수는 아침도 거르고 수방으로 건너갔다. 얼마 전부터 시작한 수틀 앞에 앉았다. 향낭 안에 여러 문양을 넣은 두 폭짜리 가리개 병풍이었다. 황후의 방에 놓기 위해서였다. 넘실거리는 구름이 봉황을 감싸고 그 아래에는 다섯 가지 복과 다산을 상징하는 다섯 마리의 박쥐와 장수를 기원하는 불로초를 수놓을 생각이었다.

밤을 샜는지 점심나절이 다 돼서야 귀옥이 수방에 나왔다. 제때 수방에 나오지 않으면 열흘 동안 수방 청소를 시킬 만큼 매사 엄격한 귀옥이라 다들 뜨악해하는 눈치였다. 난경이의 말을 들어서인지 귀옥의 행동이 전과는 턱없이 느슨해진 느낌을 지울 수 없었다. 연수는 괜한 의심을 몰아내려고 바늘로 옆머리를 긁었다. 바늘이 지나간 자리가 시원해지면서 머릿속이 맑아졌다.

"귀주머니는 얼마나 더 만들어야 할까요?"

나인 하나가 귀옥 옆에 서서 머뭇대며 물었다. 열흘 전부터 황후마마의 명으로 수방에서는 귀주머니를 만들고 있었다. 조선에 들어와 있던 일본인 관리들이 본국으로 돌아갈 때 황실에서는 답례로 자수품을 선물로 주었다. 궁내부에서는 자수병풍을 준비하라고 했지만 수방나인들도 반이나 줄어든 데다 그만한 선물을 장만할 만큼 궁궐 살림이 넉넉하지 않았다. 이번에 만드는 귀주머니는 희喜자 대신에 충忠자를, 연꽃 대신에 벚꽃 문양을 넣으라는 분부가 내려왔다. 다분히 통감부를 의식한 것이었다. 그 충忠이 조선에 대한 건지 일본을 향한 건지를 두고 말이 많았지만 아무도 그걸 걸고넘어지는 사람은 없었다.

"이제까지 몇 개나 만들었지?"

"모두 서른 개쯤 되는 듯해요."

"닷새 안으로 쉰 개는 만들어야 해."

"알았어요."

나인들이 자리로 돌아간 후 귀옥은 수틀에서 잠시도 얼굴을 떼지 않았다. 자주 입에 손가락을 넣는 걸 보면 자수에서만은 자로 잰 듯 똑 부러지는 귀옥이답지 않았다.

금계랍 생각에 연수도 서너 번 손가락이 찔렸다. 아무리 집중하려고 해도 한 생각에서 벗어날 수 없었다. 마두봉 언덕에 위치한 대한의원이 퍼뜩 떠올랐다. 1907년 이토 통감의 어거지에 당시 학무대신이었던 이완용이 병원만 아니라 의학교까지 통폐합시켜 대규모 양병원을 짓자고 맞장구쳐서 일본에서 돈까지 빌려다 지은 최신식 병원이었다. 병동과 부검실, 의학교까지 모두 갖추고 있지만 대부분의 의사가 일본인인데다 엄청난 치료비 때문에 서민들은 문턱 넘기가 하늘의 별 따기였다. 꿈에서도 부딪치기 싫은 일본 사람이지만 황후의 안전이 더 먼저였다.

약 한 번 변변하게 써 보지 못하고 돌아가신 아버지 생각에 미치자 연수는 마음이 급했다. 무슨 일이든 해야겠다는 마음뿐이었다. 외출 궐패를 챙기려고 어물대다가는 사람들의 눈에 띄어 발목이 잡힐 게 분명했다. 함춘원 뒷담벼락에 숨겨져 있는 개구멍을 빠져나갈 수만 있다면 그게 제일 빨랐다. 순찰병들이 아침 순찰을 끝내고 쉴 시간일 거라는 생각이 들자 마음은 벌써 궁궐 밖이었다. 연수는 방에 들러 금가락지를 손수건으로 칭칭 감았다. 어머니가 궁궐로 들어올 때 손가락에서 빼 준 것이었다. 약값으로 부족할지도 모르지만 거기까지 마음이 닿지 않았다.

연수는 바짝 언 얼굴로 주위를 둘러보았다. 가까운 세답방(궁궐

내 빨래를 담당하는 부서) 나인에게 쓰개치마를 빌렸다. 나인은 신시(오후 3~5시) 전에는 돌아와야 한다고 몇 번이나 신신당부했다.

개구멍을 나오자마자 연수는 쓰개치마로 얼굴을 가렸다. 주위를 살필 틈도 없이 연수는 종종걸음을 쳤다. 옷깃을 파고드는 찬 바람도 아랑곳하지 않았다. 멀리 전차 소리가 들렸다. 지나가는 사람들이 흘끔댔지만 연수는 앞만 보며 뛰듯이 걸었다.

대한의원의 붉은 색 건물과 시계탑을 보며 연수는 밭은 숨을 몰아쉬었다. 어느새 눈발이 가늘어지고 있었다.

의원에 들어서자 연수는 막 병실을 빠져나오는 여자에게 달려갔다. 하얀 가운 아래 짧은 검정 치마가 보였다.

"금계랍 있어요? 그게 필요해요."

간호사라는 여자는 연수를 아래위로 훑어보더니 시큰둥하게 말했다.

"요즘 사재기가 심해서 진즉에 떨어졌어요. 원장 선생님한테 여쭤 봐도 별 소용이 없을 거예요."

생각했던 대로였다. 양놈 것은 취급하지 않겠다 버티던 구리개 약방들도 죽을병도 낫게 한다는 소문이 돌자 만병통치약, 불로초라며 앞다퉈 금계랍을 사재기했다. 진고개 왜상인과 종로통의 양코배기 장사치들도 창고에 금계랍을 숨겨 놓고 터무니없는 값에 팔았지만 울며 겨자 먹기로 수십 배의 돈을 주고 살 수밖에 없었다.

"그 선생님은 어디 계신데요?"

연수는 간호사의 옷자락을 잡고 늘어졌다. 마침 작달만한 키에 뾰족한 턱선의 일본인 의사가 실랑이를 보고 다가왔다. 두 귀에 고무줄 청진기를 꽂은 남자는 연수를 빤히 보며 서툰 한국말로 물었다.

"환자는 누굽니까?"

"마마…. 아니 어머니예요"

"어, 어디, 어떻게 아픈가요?"

중년의 의사가 이마에 굵은 주름을 만들었다.

"열이 엄청 높아요. 잠도 못 주무시고, 어젯밤엔 헛소리까지 하셨어요, 두통도 심하고 가슴이 답답하다고도 하시고요."

연수는 헛소리까지 했다는 거짓말을 하면서 정말 그랬을지 모른다는 생각이 들었다.

"언제부터 그랬나요?"

"어제 낮부터인 것 같기도 하고, 그제 밤부터…."

의사는 한참 동안 이것저것 따져 묻고는 눈알을 빠르게 굴렸다.

"말로만 듣고는 잘 모르겠군요. 손님이 찾는 금계랍은 이질약이에요. 말라리아, 여기에서는 학질이라는 전염병에 쓰는 약이니 이런 겨울에 학질에 걸렸을 리는 없고…."

더듬거리는 의사의 말을 연수는 거의 알아들을 수 없었다. 옆에 있는 간호사가 환자를 직접 진맥한 후에야 약을 줄 수 있다고 대신 말해 주었다. 연수는 살려 달라고 매달렸지만 의사는 매몰차게 고개를 저었다. 바늘구멍 하나 들어갈 틈 없는, 꽉 막힌 의사였다.

"지난가을에 저희 마마, 아니 친척 어른이 그 약 드시고 정말 감쪽같이 나았어요. 제발 한 알이라도 주세요."

연수가 거짓말까지 해 가며 떼를 썼지만 의사는 끄덕하지 않았다.

"저기 아가씨, 금계랍은 처방전 없이는 함부로 줄 수 없는 약이에요. 꼭 그 약이 필요하다면 구리개 쪽으로 가 봐요."

딱해 보였는지 간호사가 비밀이라며 귓속말을 했다.

어설픈 재회

'순찰병들이 문 닫기 전에 돌아가야 할 텐데.'

구리개 약방거리까지 가려면 서둘러야 했다.

'혼자 상대했다가는 여자라고 얕보고 덤터기 씌울 게 분명해.'

순간 연수의 머리에 한 사람이 떠올랐다. 소식 하나 없다가 갑자기 나타나 금계랍을 구해 달라는 건 염치없는 일이었다. 지완이라면 만사 제치고 도와주겠지만 그런 마음이 들까 싶어 연수는 세차게 맨머리를 저었다.

쓰개치마 너머로 주위를 힐끗대며 연수는 재게 걸었다. 조금이라도 추위를 덜어 보려고 사람들은 솜두루마기를 걸치고도 소매 안으로 팔을 집어넣고 잔뜩 옹송거렸다. 그들 틈으로 중절모에 두꺼운 코트와 목도리까지 두른 일본인들도 심심찮게 눈에 보였다.

북청교를 지나 구리개로 접어들 무렵 연수는 뒤를 밟는 낯선 발걸음을 알아챘다. 느리면 느린 걸음으로 빠르면 빠른 걸음으로 내내 뒤따라왔다. 머리끝이 쭈뼛 섰다. 숨도 쉬지 않고 발을 놀렸지만 낯선 이의 추적에서 벗어날 수 없었다.

"거 나 좀 보시오."

등 뒤에서 들려오는 목소리에 온몸이 그대로 오그라들었다. 심장이 터질 듯 빠르게 뛰었다.

"맞구나, 연수. 뒷모습이 낯익어 혹시나 했는데."

앞을 가로막은 건 지완이었다. 대낮에 귀신이라도 본 것처럼 숨이 멎었다. 우연치고는 너무나 절묘했다. 한양이 넓다더니 그것도 헛말 같았다. 지완이 거칠게 숨을 몰아쉬었다. 정신을 차리고서야 난경이 말했던 새로 연 김역관의 양품점이 구리개 근처 어디쯤인 게 떠올랐다. 놀란 가슴이 쉬이 가라앉지 않았다.

더 깊어진 눈, 날렵한 콧마루, 거뭇거뭇한 수염까지 예전 지완의 모습은 어디에도 없었다. 입궁 이후 처음 보니 당연했다. 세월은 지완에게도 똑같이 흘렀을 테니까.

"누가 봐도 장사치인 줄 금방 알겠네."

반갑고 어색한 마음은 엉뚱한 말로 튀어나왔다.

"대낮에 궁궐 밖으로 나와도 되나? 무슨 일 있는 거야?"

지완이 걱정스러운 얼굴로 되물었다.

"시간 나면 구리개에 같이 가 주면 안 되겠어…?"

어릴 때부터 힘들고 귀찮은 일을 늘 대신해 주던 지완이었다.

"무슨 일인데?"

"금계랍이 필요해서."

"얼른 가자. 무척 급한 것 같은데."

왜 필요한지, 누가 아픈지 지완은 묻지 않았다. 네 뜻대로 궁녀가 되니 좋냐고, 비아냥거릴 줄 알았는데, 어제 본 사람처럼 대하는 지완이 고맙기도 하고 서운하기도 했다. 어떻게 한 순간 두 마음을 가지는 게 가능한지, 그런 자신이 어처구니없었다.

"요즘 궁궐 분위기가 뒤숭숭하지?"

"매일이 살얼음판이지 뭐. 그러는 오, 오라…."

연수는 오라버니라는 말이 입술에 걸려 꺼끌거렸다.

"길에서 부딪치면 못 알아볼 뻔했어. 그래도 좋아 보여."

"세상이 달라졌으니 살아남으려면 어쩔 수 없이 변하는 거지 뭐. 조만간 나도…"

무슨 말을 하려다 지완은 허공으로 눈을 돌렸다.

약방거리가 구리개에 자리 잡은 것은 일반 서민들의 치료를 맡아 하던 혜민서가 생기면서부터였다. 한때는 궁중의 비빈, 궁녀, 고위직 부인들의 병세를 살피고 치료하는 약방기생들을 흔하게 볼 만큼 번다한 거리였다.

지완은 알고 지내는 약방에 가면 금계랍을 구할 수 있을 거라고 자신했다. 연수를 안심시키기 위한 뻔한 거짓말인 줄 알면서도 믿고 싶었다.

약방 앞 중늙은이 둘이 지완을 알아보고 기쁘게 맞아 주었다. 가게 일로 아는 사람인 듯했다. 지완이 한 사람과 조금 떨어져서 무슨 말인가를 나눴다. 그런 사이 뻘쭘하게 있던 사람이 연수를 빤히 쳐다보며 말을 걸었다.

"저 사람과는 어떤 사이요?"

연수를 보는 사내의 눈빛이 번들거렸다. 연수는 대답도 못하고 땅바닥만 내려다보았다.

"설마 서로 좋아하는 사이는 아니겠지? 김 역관이 진즉부터 사위 삼으려 한다는 소문이 있으니 일찌감치 처자가 마음 접는 게 나을 거요."

사내는 잇몸을 드러내며 히죽 웃었다.

평생 임금의 여자로 살아야 하는 처지에 몸에서 피가 모두 빠져나가는 듯 무릎이 휘청했다.

지완이 자신한 것처럼 금계랍을 구하고 약값까지 대신 치러 주었다. 연수가 금가락지를 내밀자 지완의 얼굴이 굳어졌다.

"넣어 둬. 네 어머니의 반지잖아?"

"그래도 약값이 많이 비쌀 텐데…"

"그 정도는 감당할 능력 돼."

지완을 만나지 않았더라면 온종일 돌아다녀도 헛걸음이었을 테지. 그런 생각만으로도 부끄럽고 아찔했다.

궁궐까지 데려다주겠다며 지완은 멀찌감치 뒤따라 걸었다. 창덕궁 북문 가까이에 와서야 연수는 걸음을 멈췄다. 세답방에 돌려줄 게 있어 개구멍으로 들어가야 한다는 말을 차마 할 수 없었다.

"김 역관이 요즘 통감부에 자주 들락거리는 걸 보면 대단한 줄을 잡은 모양이야."

그 말을 하는 내내 지완의 얼굴이 눈에 띄게 어두어졌다. 입궁 후에는 아버지 일은 까마득히 잊고 지냈다. 정작 지완은 면주전 일을 내내 품고 있었다는 생각이 들자 연수는 할 말을 잃었다. 연수가 아무 말도 않자 지완은 다른 말을 꺼냈다.

"궁녀들을 퇴출한다는 말이 들리던데…. 궁궐도 더 이상 안전하지 않은 것 같은데 이참에 나오는 게 좋지 않겠어? 수방 때문이라면 내가 어떻게 해 볼 수 있을 것 같은데."

내전까지 난경 어미가 들락거리고 김 역관 밑에 있으니 지완이라고 모를 리 없다는 짐작은 했지만 마음이 상했다.

'난경이랑 혼인할 거라면서 내 걱정은 왜 하는데?'

연수의 눈꼬리가 매초롬해졌다.

"시전도 예전 같지 않아. 가게 대부분이 일인들 손에 넘어갔고 전당국에다 은행까지 조선의 돈은 죄 일본 놈 손아귀에 들어갔어. 전주들이야 힘없으니 입도 뻥긋 못하고 속만 태우는 모양이야. 이래저래 죽어나는 건 백성들이지."

도대체 왜 알고 싶지도 않은 시전 이야기를 길게 늘어놓는 걸까?

연수는 지완의 속내를 종잡을 수 없었다.

"김 역관 말로는 통감부와 조정 대신들이 조선과 일본을 합치는 일을 도모하고 있다고 했어. 못 믿을 사람이지만 김 역관이 그렇게 말할 때는 뭔가 있는 거겠지. 궁에도 회오리바람이 불 거고 그럼 네 안전도 장담할 수 없어. 어머니와 동생들을 생각해서라도… 이번에 출궁하는 건 어때?"

지완의 말이 길어졌다. 연수의 마음이 께끄름했다. 오백 년을 이어 온 나라가 어떻게 단번에 없어질까? 지완이 나쁜 쪽으로만 보는 것 아닌가 하는 의심은 불편한 심기로 이어졌다.

지완은 어머니와 함께 자수방을 다시 시작해 보면 어떻겠느냐는 둥, 자기가 학비 마련을 해 볼 테니 여학교에 들어가서 공부해 보는 건 어떻겠냐며 별별 말을 다 했다.

"그 말 때문에라도 궁궐에 더 있어야겠네."

거북한 심기는 배배 꼬인 말로 튀어나왔다.

"한 번뿐인 인생이야. 왜 네 인생을 함부로 내팽개치는 건데…"

무슨 말을 더할 것 같던 지완이 입술을 깨물었다. 굳게 다문 입술이 무거운 마음을 그대로 드러냈다.

"내가 선택한 인생이야. 그러니 내가 있어야 할 곳은 당연히 궁궐이고. 오라버니 말대로 조선 땅에서 왜놈들이 활개 칠 테니 나라도 안주수를 지켜야 하지 않겠어? 돌아가신 아버지와 할아버지도 그걸 원하실 거고. 아무리 세상이 험해도 궁궐만큼 안전한 곳은 없어."

연수는 어거지 쓰듯 제 말만 했다. 모진 말을 해서라도 지완의 입을 막고 싶었다. 앞날이 구만리인 지완이 옛정에 묶이지 않기를, 똑똑하고 야무진 지완이니 새 세상에서 활개 치며 살아 주기를 바라는 마음이 더 컸다. 연수의 어깨를 붙잡고 있던 지완의 손에서 스르르 힘이 빠져나갔다.

"네가 그렇게 싫다면 나도 다른 방도를 찾아봐야겠다."

지완은 혼잣말처럼 중얼거렸다.

어느새 눈발은 그치고 거칠게 바람이 불었다.

박 상궁은 연수가 내미는 급계랍을 보고 입을 다물지 못했다. 김 상궁에게 전해 주겠다는 말을 하고 박 상궁은 옷을 챙겨 입었다. 칭찬이든 혼쭐이든 단단히 각오를 했지만 며칠이 지나도 박 상궁은 아무것도 묻지 않았다.

자고 일어나면 흉흉한 소문이 궁궐 안을 휘젓고 다녔다. 어제오늘의 일도 아니지만 그런 말들이 들릴 때마다 몸이 움츠러드는 건 어쩔 수 없었다.

"돌아가신 황후가 밤마다 대조전 굴뚝에 나타난대."

"간밤에 측간에 가는데 담장에 흰 것이 어른어른하더라. 그럼 그게 귀신이었단 말이야?"

"왜성대에는 흐린 날이면 일장기를 든 이토 귀신이 출몰해서 남촌 사람들도 못 버티고 하나둘 떠나고 있대."

지완을 잠시 본 날 이후 연수는 머릿속이 드글드글 끓었다. 심란한 마음 때문에 바늘이 자꾸 손끝에서 미끄러졌다.

갈피를 잡을 수 없던 마음도 시간이 지나면서 무뎌 갔다. 연수는 황후도, 지완도, 퇴출 명부도 잊을 수 있는 건 억지로라도 잊으려고 했다.

방에 들어서기 무섭게 천이가 연수의 어깨를 누르며 방바닥에 앉았다.

"좋은 일 있구나?"

연수의 말엔 아랑곳하지 않고 천이는 싱글벙글 입만 달싹였다.

"알아맞혀 봐."

"밀린 녹봉이 나오기라도 한대?"

연수가 지나가듯 무심하게 말했다.

"아휴, 하여튼 눈치가 박치라니까. 그냥 내가 말하는 게 낫겠다. 있지, 황후마마께서 퇴출 명부에서 나를 빼 주셨다고 박 상궁마마께서 그러셨어."

연수는 순간 배 속에 뜨끈한 것이 차오르는 것 같았다. 황후가 자기 말을 나 몰라라 하지 않은 것도, 몸져누워서도 자기 탓이라며 연수를 보호하려고 했던 것도 모두 고마웠다.

"잘됐다, 정말. 네가 착하니까 하늘이 도와주는 거야."

"괴불주머니가 도와줬나 봐. 맨날 쫓겨나는 꿈만 꿨는데, 이제 두

다리 쭉 뻗고 자야지. 근데 도대체 누굴까?"

"누구라니?"

"황후마마에게 날 빼 달라고 부탁한 사람 말이야."

"당연히 상궁마마님이시겠지? 네 처지를 안타까워하셨잖아."

연수는 제 속이 들킬까 싶어 이불 속으로 얼른 다리를 들이밀었
다.

"설마 귀옥 항아님은 아니겠지? 저번에 왔던 난경이라는 아이랑
은 사촌이라고 했잖아? 그 아버지라는 사람이 웬만한 대신들은 쥐
락펴락한다는데…"

궁궐 안 일을 손금 보듯 하는 천이이니 김 역관의 위세를 모를
리 없었다. 천이 입에서 김 역관의 이름이 불리자 얹힌 것처럼 속이
불편했다. 이미 김 역관의 위세를 알고 있으면서도 남의 입을 통해
확인받는 건 씁쓸했다.

"김 역관은 아닐 거야. 이득도 없는 일에 장사치가 나설 리 없으
니까."

김 역관이 고작 궁녀 하나 어쩌자고 제 힘을 쓸 위인이 아니라는
것쯤은 열 살 아이도 알 만한 일이었다.

"아무나면 어때."

천이가 콧노래를 부르며 이불을 끌어당겼다. 그런 순진무구함이
천이를 도저히 미워할 수 없게 만드는 이유였다.

"네 노랜 언제 들어도 좋아."

연수의 치켜세우는 말에 천이가 코맹맹이 소리를 냈다. 노래라면 언제든지 불러 주겠다며 천이가 연수를 끌어안았다. 등에 닿는 천이의 몸이 따뜻했다.

가리개 병풍

내전으로 가는 내내 박 상궁의 표정이 심상치 않았다. 며칠 전
완성한 가리개 자수를 중궁전에 보냈다. 박 상궁은 황후가 무척 좋
아했다며, 수고했다는 말도 덧붙였다. 마음 놓고 있는 터에 갑자기
내전으로 들라는 전갈을 받았다.

지밀상궁과 쑥덕거리던 귀옥이 두 사람을 보자 말을 뚝 그쳤다.
수방에 있어야 할 귀옥을 내전에서 보다니, 당혹스러웠다.

"무슨 일이에요?"

"들어가 보시면 알 텐데 뭘 그리 서두르세요."

지밀상궁이 기묘한 미소를 지으며 박 상궁을 할끔거렸다.

방에 들어서자 연수를 본 황후의 얼굴에 화색이 돌았다. 연수가
수놓은 가리개 병풍 옆에는 똑같은 크기의 두 폭 병풍이 놓여 있었

다. 연수는 그 가리개 병풍을 만든 이가 귀옥이라는 걸 한눈에 알아봤다. 검은색 비단 위에 금실과 붉은 꼰사로 수놓아진 모란 수는 눈길을 사로잡을 만큼 고혹적이었다.

"이건 누가 만든 겁니까? 도대체 금실은 어디에서 구한 거구요?"

박 상궁이 지밀상궁과 귀옥을 번갈아 보며 목소리를 높였다. 금실은 아주 적은 양이라도 궁내부의 재가를 얻어야 쓸 수 있었다.

"이 아이가 황후마마에게 줄 선물을 만든다기에 제가 허락했어요."

"수방의 실 한 푼도 모두 내 허락을 받아야 한다는 걸 지밀상궁은 모르셨던 겁니까? 도대체 가리개 병풍은 수방에서 만들기로 한 건데 어떻게 지밀상궁 마음대로 이렇게 하실 수 있지요?"

박 상궁의 다그침에도 지밀상궁이 빳빳이 고개를 세웠다.

"황후마마를 기쁘게 하는 데 그까짓 금실 좀 썼기로서니 뭐가 그리 흉잡힐 일입니까? 황후마마께 올리는 자수라서 금실이면 더 어울릴 것 같아 제가 궁내부에 특별히 부탁했습니다. 그 정도의 권한은 저한테도 있는 거 아닌가요?"

지밀상궁이 억지를 부리자 박 상궁도 더는 어쩌지 못했다.

"저건 또 어찌 된 겁니까? 오복봉수의 길상도안에는 박쥐 다섯 마리가 기본인데…. 모란이 웬 말입니까? 저것도 지밀상궁이 지시한 건가요?"

박 상궁이 붉게 핀 모란 다섯 송이를 눈짓으로 가리켰다. 연수도 그게 궁금하던 터여서 마른침이 절로 삼켜졌다. 지밀상궁이 귀옥이를 한번 쳐다보고는 목소리를 가다듬었다.

"귀옥이라고 그랬지? 저 나인이 저를 찾아왔더군요. 지금 수방에서 만들고 있는 가리개 자수가 황후마마의 심기를 불편하게 할 수 있을 듯하니 당장 멈추게 해 달라고 그러더군요. 제가 이유를 물으니 향낭에 놓인 박쥐 문양이 마음에 걸린다고 하더군요. 박쥐 문양은 오복을 뜻하지 않습니까?"

잠시 말을 멈추고 지밀상궁은 황후 쪽을 흘금거렸다. 연수 눈에 황후는 두 상궁의 입씨름을 흥미로운 얼굴로 지켜보는 듯했다.

"그거야 당연한 거고요. 한자에서 박쥐를 뜻하는 복蝠자의 발음이 복 복福자와 똑같아서 그런다는 걸 모르는 사람이 있습니까?"

박 상궁이 평상시와 다르게 날을 세웠다. 그런 박 상궁은 안중에 없다는 듯 지밀상궁은 거침없었다. 이런 분란이 제 탓인데도 믿는 구석이 있는지 귀옥이는 눈도 한 번 꿈벅이지 않았다.

"나도 그 정도는 압니다. 오복에는 수, 부, 귀, 강녕, 자손중다를 일컫는데, 그중에서도 장수와 부귀영화보다 많은 자손을 얻는 걸 더 큰 복으로 여깁니다. 다산이라뇨? 지금 황후마마의 처지를 고려하지 않은 자수라는 저 나인의 말이 일리가 있지 않나요?"

황후에게는 마땅히 황실을 이어야 하는 막중한 소임이 있지만, 지금의 황후가 그걸 해낼 수 없는 건 황후의 잘못이 아니라는 걸 모르지 않으면서 어떻게 저런 말을 할 수 있을까? 연수의 온몸이 부르르 떨렸다.

"그 입 닥치시오. 황후마마 안전에서 그 무슨 망발입니까?"

박 상궁이 그렇게 무섭게 화를 내는 걸 연수는 처음 보았다. 만약에 박 상궁이 지밀상궁의 말을 막지 않았다면 황후는 모멸감에 그 자리에서 쓰러졌을지도 몰랐다. 보료에 얹힌 황후의 손이 가늘게 떨렸다.

지밀상궁은 황후도 눈에 들어오지 않는 것 같았다. 어쩌면 황후가 듣기를 바라는 게 아닐까 의심이 들 지경이었다.

"박 상궁은 지금 황후마마께 가장 필요한 게, 아니 뭘 하셔야 한다고 생각하십니까? 나는 황후마마께서 어지러운 세상 속에서도 황실의 위엄을 굳건하게 지키는 것을 모든 사람들에게 보여 주셔야 한다고 생각합니다. 그래서 저 나인이 부귀영화를 뜻하는 모란을 수놓겠다고 하기에 이왕이면 세상에서 가장 화려하고 어여쁜 모란으로 수놓으라고 했습니다. 그래서 금실도 쓰라 일렀습니다. 왜요? 뭐가 잘못됐다는 겁니까?"

지밀상궁의 말에 박 상궁의 얼굴이 무섭게 일그러졌다.

"지밀상궁이 진짜 말하고 싶은 게 뭡니까? 엄연히 내명부의 질서와 법도가 있는 법인데 선물을 빌미 삼아 자신이 어디까지 할 수 있는지를 보여 주고 싶은 건 아닙니까? 그러지 않고서야 어떻게 수방의 일을 가로채고, 황후마마를 능멸하는 저런 자수품이나 만들고… 이것도 통감부의 지시를 받은 건 아닌지 의심이 듭니다."

"지, 지… 지금 무슨 뜻으로 그런 말을 하시는 겁니까?"

박 상궁의 말에 찔리는 게 있는지 지밀상궁이 말까지 더듬었다. 지밀상궁이 통감부에 궁 안의 여러 말들을 옮기고 뒷돈을 챙긴다는 소문이 돈 적 있긴 했다. 서로 등진 채 분을 삭이는지, 두 상궁의 어깨가 들먹거렸다. 황후도 화를 누르느라 바짝 입술을 물었다. 한참 만에 황후가 입을 열었다.

"두 상궁의 말씀을 들으니, 제가 문제인 거군요. 이제 그만하세요. 저는 두 아이의 자수품 모두 마음에 듭니다."

황후가 그렇게 나오자 두 상궁은 쩔쩔맸다. 귀옥이도 반쯤 얼이 나간 것처럼 하얗게 질려 있었다.

"귀옥이라고 했느냐?

"마마, 저의 좁은 소견을 용서하십시오. 저는, 저는…"

귀옥이 울먹이며 무릎을 꿇었다.

"왕손을 잇지 못하는 내 처지를 걱정해서 벌인 일이니 나무랄 수도 없구나. 지밀상궁, 받는 사람의 마음도 헤아린 저 아이한테 생과방의 한과를 들려 보내세요."

잘못한 이를 꾸짖는 것보다 아량으로 보듬어 주는 게 더 큰 벌이 된다는 것을 황후는 알고 있는 듯했다.

지밀상궁과 귀옥이 나가자, 박 상궁은 귀옥이 만든 가리개 병풍을 보따리에 쌌다. 괜찮다고 황후가 극구 말렸지만 연수 역시 여자인 황후에게는 상처가 되는 일일 수도 있다는 생각이 들었다. 박 상궁의 찬찬한 손놀림을 보지 않으려고 황후는 정면을 쏘아보고 있었다. 무겁게 가라앉은 방 안 공기를 깬 것은 박 상궁이었다.

"윤 나인이 마마께 드릴 것이 있답니다."

"그래요? 무엇입니까?"

박 상궁이 몇 번 눈치를 주고서야 연수는 괴불주머니 두 개를 내밀었다. 괴불주머니가 액운을 막아 줬다며 좋아하던 천이를 본 후 황후와 황제에게 필요할지도 모르겠다고 생각했다.

"괴불노리개인 것 같은데 왜 두 개냐?"

"황후마마와 전하의 것입니다. 전하께 올해 삼재가 들어왔다면, 아니면 내년에 들어올지도 모르니 미리 막는 것도 좋겠다 싶어서요. 새해 아침에 토정비결을 볼 때마다 아버지께서는 좋은 일은 흘려들어도 나쁜 일은 미리 조심해서 나쁠 게 없다는 말씀을 하셨거든요."

황후와 나인이 아니라 동갑내기 동무로서 주고 싶었다는 마음을 숨기려다 보니 자꾸 말이 꼬였다. 혀가 꼬일 정도로 횡설수설하는 것 같아 연수의 얼굴이 점점 달아올랐다.

"그냥 동무에게 나쁜 일이 없었으면 하는 마음이라고 하면 될 걸 뭐 그리 어렵게 말하는 거냐? 어쨌든 네 마음이 이 괴불주머니만큼이나 어여쁘구나."

환하게 웃는 황후를 보며 연수는 제 속을 들킨 게 부끄러워 머리를 깊게 숙였다. 그 바람에 바닥에 머리를 박고 말았다. 그 모습을에 박 상궁과 황후가 재미난 걸 보는 양 즐거워했다.

"부족한 솜씨라 송구합니다."

"아니다. 내 눈엔 박 상궁에 버금가는 솜씨다. 박 상궁은 기쁘겠어요? 이리 훌륭한 나인을 제자로 두었으니 말입니다."

"오히려 제가 이 아이에게 배우는 게 많습니다."

"이건 내 손으로 꼭 전하께 전하겠다 약조하마."

황후가 길상문이 수놓인 괴불주머니를 가리키며 말했다. 박 상궁이 다가서려 하자 황후가 만류했다.

"동무의 선물이니 제가 직접 달아야겠어요."

황후의 말에 박 상궁이 멈칫 섰다. 황후의 흔연한 모습에 연수는 눈물이 날 정도로 기뻤다.

수방으로 들어서는 박 상궁을 보자 귀옥이 고개를 들지 못했다. 귀옥을 한 번 쳐다볼 뿐 박 상궁은 말없이 자리에 앉았다.

"오늘은 내가 처음 수방에 들어왔을 때 스승이던 상궁마마께서 들려주신 궁수 이야기를 하고 싶구나."

박 상궁이 운을 떼자 나인들은 어리둥절한 얼굴로 서로를 살폈다. 새삼스러운 일이라 다들 바짝 긴장한 눈치였다. 연수는 며칠 전 가리개 병풍 사건 때문일 거라는 지레짐작에 귀옥 쪽으로 고개를 놀렸다. 눈이 마주치자 귀옥이도 같은 생각을 했는지 얼굴이 빨개졌다.

"요즘에야 안주와 박천·구성, 전주, 순창 같이 민간에서도 자수품을 많이 만들고 널리 쓰고 있지만, 그 모든 자수가 궁궐수, 궁수에 그 기본을 두고 있다는 건 변하지 않은 사실이다. 궁수는 자수 실의 종류와 그 기법에서 민수와 많은 차이가 있지. 수의 품격을 좌우하는 밑그림도 도화서 화가나 전문 수방나인이 그리고, 민가에서 쓸 수 없는 금사와 은사를 쓰고 징금수법이 많은 것도 특징 중 하나다. 실 꼬임새의 눈목이 살아 있는 강연사強撚絲를 쓰기도 하고, 다채로운 색실을 배합하여 입체감을 강조하는 것도, 물총새나 공작새의 깃털, 금·은박을 면실에 감아 만든 연금사撚金絲, 그리고 구슬, 보석 등의 재료를 활용해 고급스럽고 화려하게 표현하는 것도 민수와 차별된다 할 것이다. 내가 새삼스레 이런 얘기를 하는 것은 요즘 값싸고 손쉬운 서양 자수가 들어와 궁수의 근본이 흐려질까 염려해서라는 것쯤은 미루어 짐작할 수 있을 게다."

박 상궁이 수방을 나가자 나인들은 너나없이 고개를 갸웃했다. 박 상궁의 말이 틀려서가 아니라 너무 뜬금없었기 때문이었다.

한 하늘 아래

　먼저 온 손님이 있으니 잠시 기다리라는 지밀상궁의 눈길이 곱지 않았다. 자신을 거치지 않고 황후가 직접 나인을 불러들인 것에 화가 난 듯했다. 연수는 지밀상궁의 날선 신경을 건드리지 않으려고 몸을 잔뜩 웅둥그렸다.

　황실 위엄이 땅에 떨어지니 장사치 아낙까지 내전을 제 집 드나들 듯한다며 김 상궁이 구시렁댔다. 그 말에 지밀상궁의 눈이 뾰족해졌다. 아낙네의 웃음소리가 모시 발을 뚫고 나왔다.

　"황후마마께서 드센 부인네들을 상대하기 버거우실 텐데…"

　연수를 흘끔 보고는 김 상궁이 뒤따라오라는 눈짓을 보냈다. 아무래도 안에 있는 사람을 쫓아낼 심산인 것 같았다. 문 앞에 서자 아낙네의 목소리가 한껏 높아졌다. 어른거리는 발 너머 보이는 아낙네의 뒤태가 낯익었다. 난경 어미가 분명했다.

"사위 될 사람이 얼마 전 탁지부에 들어왔는데…. 황후마마께서는 벌써 보셨을지도 모르겠네요."

"부인의 사위 될 사람이라니 궁금하긴 하네요."

"궁궐로 들여보내 줘야 혼례를 치르겠다고 강짜를 부리는 통에…. 하여튼 황후마마께서 예쁘게 봐주십사 하는 부탁도 드리고 겸사겸사 왔답니다."

그러면서 난경 어미는 황후 앞으로 두툼한 보따리를 내밀었다. 사윗감을 자랑하러 선물까지 준비해 온 거였다.

"궁에 도움이 될 사람이면 우리가 더 감사해야 할 일이죠. 이런 사례는 받지 않겠습니다."

황후 얼굴에 서서히 웃음이 가시는 것도 모른 채 난경 어미는 의뭉스럽게 보따리를 다시 내밀었다. 남의 기분 따위 개의치 않는지 난경 어미는 황후의 비꼬는 말투도 못 알아챘다. 오히려 김 역관이 앞으로 황실에 큰 도움이 될 거라며 큰소리까지 쳤다.

"오늘은 마마께서 피곤해 보이신 듯하니 실례가 되지 않는다면, 그만…."

황후의 낯빛을 살피던 김 상궁이 빨리 일어서 달라는 뜻을 에둘러 전했다.

"이제 사위까지 궁궐 사람이 되었으니 더 자주 문안 인사 드리러 오겠습니다."

마지막까지 제 할 말을 다 하고서야 난경 어미는 엉거주춤 자리에서 일어났다.

그녀가 나간 뒤 방 안은 잠시 침묵에 휩싸였다. 황후는 참았던 깊은 한숨을 내쉬었다. 역관의 아내한테서까지 왕실 걱정을 들은 게 자존심이 상한 듯했다.

"마마, 찾으시던 수방나인이 들어와 있습니다."

발 너머 엎드려 있는 연수를 발견하고 황후는 미소를 지었다.

"그사이 잘 지냈느냐? 네 선물, 황제마마도 무척 기뻐하셨단다."

"황공하옵니다."

김 상궁의 발소리가 멀어지자 황후는 연수에게 가까이 오라는 손짓을 했다.

"틈틈이 바늘을 잡긴 하지만 솜씨가 좀체 늘지 않는구나."

"지난번 귀주머니 자수는 얼치기인 제 눈에는 훌륭하셨는걸요."

"괜히 봐주는 거 아니냐?"

황후의 입꼬리가 올라갔다. 오랜만에 보는 환한 모습이었다.

"널 찾아온 사람이 있다 하니 얼른 나가 보거라. 박 상궁에게는 미리 일러두었으니 걱정 말고. 김 상궁에게 눈에 띄지 않게 따로 옷을 챙기라고 했으니 입고 가거라."

연수는 어리둥절해서 멍하게 황후를 쳐다보았다.

"어서 나가 보래도."

황후가 재촉해서야 연수는 몸을 일으켰다.

연수는 아무리 생각을 공굴려도 짚이는 사람이 없었다. 집에 무슨 일이 생겨 병수가 찾아온 걸까? 궁금증은 점점 걱정으로 바뀌었다.

휘청거리는 마음으로 쪽문을 나서는데 낯선 목소리가 들렸다. 연수는 주위를 두리번거렸다. 나무 뒤로 자주색 치맛자락이 얼핏 보이더니 뒤이어 앙칼진 소리가 터져 나왔다.

"저도 수방에 넣어 달라니까요."

"여학교에 보내 달라고 난리더니 이젠 수방에 넣어 달라고. 궁궐에 들고나는 게 애들 장난인 줄 알아?"

"이게 다 아버지 때문이니까 책임지세요."

"나 때문이라니? 누구 들을까 무섭다. 목소리 낮춰라."

김 역관의 역정 섞인 목소리가 이어졌다. 황후를 보고 나온 게 바로 전인데, 여기 와 있는 걸 보면 미리 세 식구가 만나기로 약속한 걸까.

"아버지가 내 말은 듣지도 않고 오라버니를 궁궐에 보내셨잖아요."

난경의 오라버니라면? 김 역관이 사들인 점포를 다니며 온갖 유세를 떤다는 장남 이야기는 진즉부터 유명했다. 계모여도 난경 어미가 전처 소실의 자식들을 아예 나 몰라라 하지 않는 모양이었다.

"아휴, 그건 영감께서 너무하셨어요. 얘가 지완이를 마음에 두고 있다는 걸 뻔히 아시면서."

난경 어미가 거들었다. 난경이 말한 궁궐에 들어온 오라버니와 난경 어미가 말한 사위가 지완이라는 건가? 연수는 맥없이 담벼락에 몸을 기댔다.

"지완은 안 된다고 했지? 지완은 이 아비를 위해 필요한 사람이지 사윗감은 아니야. 이 아비가 얼마나 높이 올라가느냐는 다 지완의 손에 달려 있다고 몇 번이나 말해야 되냐?"

김 역관이 버럭 성질을 부렸다. 김 역관의 역정에 난경 어미가 잔뜩 콧소리를 내며 아양을 떨었다.

"영감도 참. 그깟 지완이 녀석이 영감한테 무슨 도움이 되겠어요? 나라에 망조가 들었는데, 올라가 봐야 얼마나 높이 올라가겠어요. 이럴 때는 국으로 있는 게 수예요. 꼭 자리 때문에 줄을 서야 한다면 송 대감 쪽 말고 이완용 총리대신 쪽이 낫지 않겠어요?"

난경 어미가 열심히 내전을 들락거리며 주워들은 걸 과시하려는 듯 아는 척을 했다. 난경 어미의 말에 김 역관의 얼굴이 붉으락푸르락했다.

"원래 난세에 영웅 나고, 출세 기회도 더 많은 법이지. 아녀자가 대장부 하는 일에 왈가왈부하지 마. 지완이는 나를 도와 큰일 해야 하니까 괜히 헛바람 들어서 지완이 옆에 알짱거리고 그러면 딸이라도 용서하지 않을 거다. 애가 철이 없으면 어미라도 눈치가 있어야지 원."

딴마음 생길 걸 막겠다는 듯 김 역관이 단단히 쐐기를 박았다.

한풀 꺾인 난경 어미와는 달리 난경은 조금도 기세가 누그러지지 않았다. 되레 더 억지를 부렸다.

"앞으로 지완 오라버니를 제대로 보지도 못할 텐데 궁에라도 있어야 할 것 아니냐고요. 수방에 들여보내는 것쯤 아버지한테 식은 죽 먹는 것보다 쉬울 텐데, 왜 안 된다는 거예요?"

난경이 말에 김 역관은 눈을 부라렸다. 폭발 일보 직전의 김 역관 때문인지 난경 어미가 재바르게 거들고 나섰다.

"그건 네 아버지 말씀이 옳아. 아녀자의 행복 중 최고는 뭐니 뭐니 해도 지아비 사랑받으며 알콩달콩 사는 거야. 이 어미를 보고도 자꾸 철없이 굴래? 같은 여자라서 하는 말인데 지완이는 진즉부터 텄어. 뻣뻣하고 뚝뚝맞기가 나무작대기 같은 게 어미 눈에도 영…. 네 아버지의 권세와 재력이면 더 잘나고 멋진 사내를 대문 앞에 백 리는 세울 거다. 그때는 네가 궁녀였다는 게 책잡히는 일이 된다니까."

"난 지완이 오라버니만 있으면 된다니까. 딴 사내는 필요 없다고. 그러니까 궁에 들어가게 해 달라고요."

어르고 달래도 난경은 막무가내였다. 난경 어미도 쇠심줄 어쩌고 하면서 혀를 내둘렀다.

"토 달지 말고 아비 말 듣도록 해. 차차 다른 방도가 있는지 찾아볼 테니."

주위를 두리번거리던 김 역관이 억지춘향으로 난경을 달랬다.

"아버지 믿고 조금만 기다려 보자, 응?"

그제야 난경이 마지못해 고개를 끄덕였다.

"저번처럼 딴 데로 새지 말고 곧장 집으로 가도록 해. 시전에도 드나들지 말고. 알았지? 참, 안주수도 내리막으로 접어든 모양이던데 그 아이는 잘 지내냐?"

뜬금없는 김 역관의 말에 연수는 속이 뒤집어졌다. 이렇게 된 것이 누구 때문인데…. 당장이라도 뛰쳐나가 김 역관의 가증스러운 얼굴을 마구 할퀴고 싶었다. 내전에서 먹은 수정과와 한과가 한꺼번에 올라올 것 같아 연수는 가슴을 세게 두드렸다.

스물이 되면

연수는 돈화문을 향해 걸었다. 황후는 숙정문에서 그 사람이 기다릴 거라고 했다. 김 역관네 세 식구들의 말을 털어내기라도 할 듯 연수는 걸음을 빨리했다. 이마에 금방 땀방울이 맺혔다.

아는 궁궐 사람의 눈에라도 띌까 연수는 마음을 졸였다. 바람까지 가라앉아 사위가 적막강산이었다. 숙정문 가까이 갔지만 아무도 보이지 않았다.

"많이 늦었네?"

문 안쪽으로 성큼 들어선 것은 지완이었다. 연수의 눈이 휘둥그레졌다. 지완이 궁에 들어왔다는 말을 들었지만 이렇게 맞부딪히니 얼떨떨하기만 했다.

"나야 괜찮지만 보는 눈이 있으면 너한테 좋을 것 없으니 자리를 옮기자."

지완이 앞장서서 걷기 시작했다. 연수는 멀찍이 떨어져 남인 듯 걸었다. 하고 싶은 말이 많았지만 안으로 꾹 누르면서.

"궁엔 어떻게 온 거야?"

"황후마마께 들은 말이 없나 보구나?"

연수를 빤히 보며 지완이 고백하듯 말했다.

"지난달부터 탁지부에서 일해. 놀랐지?"

탁지부는 나라 살림을 관리하는 곳이었다. 의정부 청사로 쓰려고 지었다가 일본 통감부의 입김으로 돌연 탁지부 건물로 바뀐 지 두 해나 지났다. 덕수궁에 있는 탁지부에서 창덕궁까지 오려면 꽤 그럴 듯한 명분이 있어야 했을 텐데. 윗사람이든 아랫사람이든 두루 잘 지내는 지완이니 무슨 수를 벌였겠지 싶다가도 눈앞에 지완이 서 있는 게 믿기지 않았다.

"놀라긴. 늘 낮도깨비 같았잖아. 김 역관의 상단에 들어갈 때도 그랬었어."

"그랬나? 이번 일은 네가 오게 만든 건데…."

"그건 또 무슨 말이야?"

"궁궐을 나올 수 없다면서? 네가 나올 수 없으니 나한테 들어오라는 말 아니었어?"

자기가 뭘 어쨌기에 궁까지 왔다는 건지 연수는 어리둥절하고 어이없었다. 연수의 낯빛이 달라지는 걸 보자 지완이의 얼굴에서 장난기가 가셨다.

"수장 어른 일을 제대로 파헤치려면 탁지부에 들어가야 해서. 수장 어른의 일은 아무래도 김 역관 혼자 할 만한 게 아니었다는 생각이 들더라고. 일개 역관이 어떻게 하루아침에 수십 개의 점포를 손에 넣을 수 있겠어? 그만한 돈을 움직일 만한 데는 통감부의 입김이 센 탁지부밖에 없겠다 싶기도 하고."

"나랏일 하는 덴데 들어가고 싶다고 갈 수 있는 곳이 아니잖아? 듣자니 인사권은 통감부가 갖고 있다던데…"

지완의 눈길을 피하며 연수가 우물거렸다. 연수는 지완이 탁지부에 들어갔다는 것보다 김 역관의 꿍꿍이가 더 마음 쓰였다. 자신의 출세와 축재에 이용 가치가 있으면 아비 어미도 몰라본다는 김 역관이 그렇게 나온 데는 지완에게 득 될 게 없는 일일 텐데… 불길한 기운이 온몸을 휩쌌다.

"왕실과 어떻게든 연결되고 싶은 김 역관의 욕심을 좀 건드렸지. 맨주먹부대 사람들과 어울리더니 통감부 실세랑 줄이 닿았나 보더라고."

"맨주먹부대? 군인들 말하는 거야?"

"맨주먹으로 일본에서 조선에 들어온 어중이떠중이들을 그렇게 불러. 힘 있고 돈 있는 사람들이 뭐 하러 조선에 오겠어? 순진한 조선 사람들을 이용하면 일확천금을 잡을 거라는 소문만 믿고 맨몸으로 들어온 사람들이지. 통감부야 사기꾼이든 거렁뱅이든 제 나라

사람을 하나라도 늘리는 게 조선에서 세력을 키우는 데 도움되니까 마구잡이로 받아들이는 거고. 통감부가 나서서 맨주먹부대 사람들에게 돈과 힘을 보태 주니까 그들이 종로 시전뿐만 아니라 남대문 시장, 광장 시장을 야금야금 먹을 수 있게 된 거지. 수장 어른의 면주전도 그 와중에 김 역관에게 넘어갔을 거라는 게 내 짐작이야."

지완도 잠시 말을 끊고 생각에 잠겼다. 면주전에 들어간 것도 또 궁궐에 들어온 것도 다 아버지 때문이라니. 연수는 지완이 고맙기도 하고 아프기도 했다.

"궁에 들어가겠다 했더니 김 역관이 더 좋아하던걸. 조선 최고의 실세인 이완용 총리대신을 움직이는 건 통감부밖에 없으니까. 통감부야 눈독 들이는 게 왕실 재산이니 탁지부부터 손아귀에 넣으려고 할 거고. 나를 징검다리 삼아 총리대신한테 빌붙어 이참에 한몫 잡겠다는 심산인 것 같은데… 그렇게 되지 않도록 어떻게든 해 봐야지."

지완은 마음을 다잡기라도 하듯 입술을 꽉 물었다. 지난 두 해 동안 지완에게 무슨 일이 있었던 걸까? 수십 년 수족처럼 부리던 청지기를 하루아침에 내칠 만큼 김 역관은 달면 삼키고 쓰면 뱉는 일에 망설임이 없는 사람이었다. 그런 김 역관의 마음을 얻기 위해 지완이 얼마나 애썼을까 하는 생각에 이르자 연수는 가슴이 먹먹했다.

"며칠 동안 탁지부 문서를 다 뒤졌는데 그때 관련 문서만 없었어.

탁지부 선배한테 슬쩍 물었더니 이상한 말을 하더라고. 김 역관이 점포를 손에 넣고 나서 한 달 뒤쯤 동대문 근처 땅을 총리대신한테 넘겼다는 거야…. 그 일을 담당했던 주사도 한몫 챙겼다는 소문이 짠하게 돌았었대. 그런 중요 문서를 없애도 군소리 한 번 못 할 정도로 왕실 힘이 없다는 거지.”

지완은 탁지부 명함이라도 있어야 그때 일과 연결된 사람들을 찾을 수 있을 거라고 했다. 아버지 일을 잊지 않아서 고맙다는 말을 할 수 없었다. 오히려 우리 집안 일로 왜 스스로를 위험에 몰아넣느냐고, 지금이라도 김 역관과의 연을 끊고 제 길 가라고 하고 싶었다. 연수는 답답한 마음에 옷고름만 만지작거렸다.

“탁지부에 있다 보면 통감부와도 연결될 테고, 면주전을 되찾을 방법도 찾을 수 있을 거야.”

“면주전을 찾는다 해도 그걸 맡아 할 사람도 없는데, 왜 그렇게까지…”

“네가 궁에서 나와 어머니 모시고 하면 되지. 수장 어른의 바람대로 안주수를 지키려면 아직도 안주수가 건재하다는 걸 알려야 해. 일단 면주전을 되찾고 판매 방법도 차차 알아봐야지. 그러니까 연수 너는…”

연수의 표정을 보고 지완은 다시 입을 닫았다. 연수 마음을 돌리기에는 아직 손에 쥔 것이 없어 그런 건가? 골똘히 생각에 빠져 있던 연수는 지완의 다음 말에 퍼뜩 정신을 차렸다.

"어디 가고 싶은 데는 없어? 너만 괜찮다면 난 시간 되는데. 선배한테 허락도 받아 놔서 바로 퇴궐해도 되고…. 참 그리고 곧 내 짐도 용두리 집으로 옮기려고."

용두리 집은 연수네 집을 말했다. 광장 시장과 훨씬 가까워지는 거라며 아버지는 많이 좋아했다. 지완이 연수와 눈을 마주치자 웃을 듯 말듯한 얼굴을 했다.

"그러면 김 역관의 의심을 사지 않겠어?"

"날 그곳에 들여보내느라 김 역관이 엄청나게 뇌물을 썼다 하더라고. 밑질 일에 돈 쓸 인간이 아니고 더 큰 계산이 있어서 그랬을 테니 욕심 때문에라도 날 의심하지 않을 거야. 그래도 당분간은 김 역관의 일을 거드는 척해야겠지. 워낙 눈치 빠른 사람이라."

"면주전 때문이라면 그만둬. 돌아가신 아버지도 오라버니가 다치는 걸 원치 않으실 거야."

"너도 궁녀나 되자고 여기 온 게 아니라면서? 안주수를 지키려고 그랬다고 했잖아. 나도 그래. 소중한 걸 지키려면 그 정도 위험은 감수해야지… 너한테 잔소리 듣는 것 같아 어쩐지 기분 좋은데."

빙글거리는 지완이 때문에 연수는 마음이 갈팡질팡했다.

쏘는 듯한 눈빛과 불룩대는 목울대와 꽉 쥔 주먹, 감정의 기복이 잘 읽히지 않는 단정한 말투. 지완은 점점 닿을 수 없는 곳으로 멀어지는 것 같았다. 지완이 자기 집안 일에 발목 잡히지 말고 더 넓은 세상에서 마음껏 날개를 펴고 살기를 바라면서도 정말 앞으로 점점 달라질 지완을 상상하는 게 두려웠다.

"궁궐 생활은 할 만해?"

"황후마마께 안주수를 가르쳐 드리고 있어. 박 상궁마마도 수방 자수품에 안주수 기법을 쓰라고 허락해 주셨고. 다들 안주수가 기품 있다고 좋아해."

"네가 그 일을 잘 해낼 거라고 믿었지만 생각보다 훨씬 잘하고 있나 보네. 우리 시전으로 나가 볼래? 선물도 사고 싶은데…."

"선물?"

"응. 주고 싶은 사람이 있어서."

뒷말을 얼버무리는 지완의 얼굴이 벌겋게 달아올랐다.

"그곳은 내키지 않아. 아버지 생각나서."

지완이 다른 여인에게 줄 선물을 제 손으로 고를 만큼 너그러운 마음이 되지 않았다. 연수는 속내를 감추느라 어색하게 웃었다.

"시전은 좀 그런가? 시전만큼 사람 많은 곳이라야 눈에 띄지 않을 텐데."

뒷걸음질치는 연수의 어깨를 붙잡고 지완이 손바닥을 머리 위에 얹었다 뗐다. 지완의 숨결이 이마에 와 닿았다. 심장 소리가 들릴까 연수는 숨도 제대로 쉴 수 없었다.

"황후마마께서 널 잘 보신 모양이구나. 이렇게 옷도 바꿔 입혀 보내신 걸 보면 말이야. 그나저나 키가 조금도 안 자랐네."

실없는 말을 툭 던지고 지완이 앞장서 걸었다. 연수는 지완의 말에 피식 웃음이 났다. 어디를 가자는 말도, 어디를 가겠다는 말도 없었다. 묵묵히 앞만 보며 걷는 지완의 등이 세상의 바람을 다 막아 줄 것 같이 든든했다. 연수는 자꾸 두 마음이 생기는 자신이 속상하고 미웠다.

"세상살이가 고달파서 그런가 사람들 표정이 어둡네. 내 눈에만 그렇게 보이는 건 아니지?"

지완의 말에 새삼스럽게 연수는 지나가는 사람들을 살폈다. 생기라곤 찾아보기 힘들 만큼 사람들의 얼굴이 하나같이 어두웠다. 쏟아지는 햇빛 때문은 아닌 것 같았다. 무슨 일이 벌어지든 오늘 한 끼가 더 걱정인 사람들이었다.

"새로 온다는 통감은 어떤 사람이야?"

지완은 이마를 찡그리며 연수를 뚫어지게 보았다.

"나도 들은 게 전부야. 저번 통감보다는 확실히 무서운 사람이라고 하던데? 통감으로 임명되고도 두 달 지난 지금까지 안 들어오는 것도, 출국 날조차 동경 육군성 안에 있는 통감부 출장소에 들렀다는 걸 보면 확실히 수상하긴 해."

이토와 소네 통감보다 더 무서운 사람이라니…. 지완이 남산 왜성대의 통감부에 있어 매일 살벌한 일인들을 보지 않는 게 그나마 다행이다 싶었다.

'발령을 받고도 왜 들어오지 않을까? 조선에 오는 게 싫은 걸까?'

예전에는 한 번도 갖지 않았던 궁금증이었다. 연수는 지완의 말을 한마디도 놓치지 않으려고 했다. 임금에게 속한 몸이니 통감부의 작은 움직임조차 궁궐의 안위와 직결됐다. 연수는 무심한 표정을 지으려고 애썼지만 어설펐다.

"그쪽 나라에서도 독사라고 그랬다니 말 다했지. 소네 통감이 새 통감에 비하면 병아리쯤도 안 된다고 하더라고. 궁궐 수비에 헌병을 2천 명으로 늘린다는 말도 있고… 앞으로 어떻게 될지 참 걱정이다."

요즘 궁궐 안에 군인들이 늘어난 것도 그래서일까? 연수의 걱정을 읽기라도 한 듯 지완이 먼데를 쳐다보았다.

"우리 같은 사람이 걱정한다고 달라질 것도 없는데 이제 그런 얘기는 그만하자. 예전부터 혼자 결심한 게 있는데, 그게…"

"뭘?"

"스물이 되면… 그러니까 내가 임지완으로 바로 서는 때가 되면."

"…"

"네가 궁에 들어간다고 했을 때 내 생각은 하나였어. 그때는 맥없이 너를 보냈지만 큰어르신과 수장 어른 대신 너를 지키겠다고, 예전 연수로 돌아올 수 있게 뭐든 하겠다고…"

연수는 지완의 얼굴을 마주할 수 없어 외로 고개를 돌렸다. 갑자기 머리를 자르고 양복까지 차려입었고 나타났던 지완이 떠올랐다. 하필 지금 그런 말을 꺼낸 이유가 무엇인지 연수는 묻고 따져 볼 생각도 못했다. 같은 곳을 보고 같은 길을 가기에는 이미 둘은 너무 멀리 와 있다는 것을 지완도 잘 알고 있을 테니까.

사람들을 피하려고 연수는 그늘 쪽으로 붙어서 걸었다. 걸을 때마다 규칙적으로 팔뚝에 닿았다 떨어졌다. 지완의 숨결이 볼을 간질이는 것같아 연수는 자꾸 얼굴이 붉어졌다.

지완의 말을 곱씹으며 걷다 보니 어느새 창경궁 용마루가 보였다.

"널 궁궐에서 만나게 되면 창경궁에 꼭 가고 싶었는데 잘됐다. 사람들이 많아 눈에 띌 염려도 없으니 이만한 데도 없을 거야."

처음부터 창경궁에 갈 생각이면 왜 군이 멀리 돌아온 걸까? 그 생각을 연수는 애써 눌렀다.

1908년 봄부터 시작된 공사를 끝내고 지난해 11월 1일 창경궁이 사람들에게 공개됐다. 오백 년 동안 베일에 싸여 있던 궁궐이 창경원이라는 이름의 놀이터로 바뀐 것이다.

"이번 공사에 통감께서 꽤나 공을 들였습니다. 천황께서 조선의 왕에게 내리는 특별한 선물이니까요. 곧 식물원과 동물원이 문을 열면 여러 동물들과 이국땅 여기저기에서 가져온 식물들이 마마의 우울함을 단번에 날려 줄 겁니다."

달콤한 사탕으로 입을 틀어막는 통감보다 우는 아이 달래듯하던 대신들이 더 거슬렸지만 임금은 싫은 소리 하나 못 했다. 그런 이야기를 들을 때마다 연수는 가슴이 답답했다. 천황의 관리냐, 황실의 신하냐 왜 황제는 그들을 나무라고 혼내지 못했을까? 황후의 심정도 자신 같았을 거라 짐작만 해 볼 뿐이었다.

선인문 안 보루각 터에 지어진 동물원은 넓었다. 한낮이라 그런지 어깨를 부딪칠 정도는 아니지만 무리 지어 돌아다니는 구경꾼들이 제법 많았다. 옛날 사신으로 중국에 갔던 관리가 씨앗을 얻어 심었다는 춘당지 옆 백송 세 그루를 지나니 오후 햇살에 번쩍거리는 식물원의 유리 지붕과 유리 벽이 보였다. 처음 선정전의 청기와 지붕을 봤을 때는 그 진귀한 모습이 놀랍기만 했는데 눈앞의 식물원은 놀랍다기보다 기괴했다. 연수의 마음을 움직인 것은 식물원 안의 나무와 꽃들이었다. 세상의 거센 소용돌이 속에서도 봄여름가을겨울 꽃을 피우고 열매를 맺는 그들이 대단해 보였다.

"요즘 사람들 소원이 창경원 구경하는 거래. 특히 좋아하는 사람들끼리 밤 벚꽃 아래를 걷는 게 유행이라던데, 내년엔 우리도 그럴 수 있을까?"

이렇게 만난 것도 기적 같은데 내년을 기약할 수 있을까? 무슨 의도로 그 말을 하는지, 연수는 마음이 들킬까 신발코만 내려다보았다.

"창경궁 하나 제대로 지켜 내지 못한 임금님 밑에서 무슨 수모라도 겪지 않나 걱정됐어. 여기 오면 네 생각이 달라질지 모르겠다 싶었는데 막상 여기 와 보니 그런 생각이 다 우스운 것 같다. 그런 건 잊고 그냥 좀 걷자. 벚꽃은 졌지만 말이야."

지완이 연수를 보며 희미하게 웃었다. 연수도 가슴 저 밑에서 스멀스멀 따뜻한 기운이 고였다. 정말 아무 걱정 없이 이 길을 걸으면 어떤 기분일까? 벚꽃이 환한 달빛 아래라면 더욱 좋을 테지. 지금은 궁녀라는 사실 따윈 잊어버리자. 멀찍이 떨어져 걷는 지완을 향해 연수는 걸음을 빨리했다.

그날 저녁, 천이는 어딘가 달랐다. 늦게 들어왔다며 따따부따 잔소리를 늘어놓거나 황후와 무슨 말을 했냐며 끈덕지게 달라붙지도 않았다. 내내 입을 꽉 닫고 천이는 이불의 거스러미를 뜯어내고 있었다. 하고 싶은 말을 제때 못하면 나오는 버릇이었다.

"뭔데? 할 말을 참으면 동티 난다 그러던데."

천이가 거푸 눈을 슴벅였다. 무슨 생각이든 오래 품고 있지 못하는 천이였다.

"이번에 온다는 통감…"

지완은 통감이 독사 같다고 했다. 통감이라는 말에 지완이의 얼굴이 떠오르다니, 연수는 빨개진 귓불을 얼른 손으로 가렸다.

"무슨 말? 이토 통감보다 더 나쁜 놈이고 이토 귀신이 붙었다고 그러지?"

"너도 들었어? 딱 저승사자 급이래. 이토 통감이 채찍으로 사람을 치면 새 통감은 쇠사슬로 내리칠 만큼 냉혹하대. 전쟁터에서 오른팔을 다쳐 아예 못쓰게 됐다는데 제 몸 온전치 않은 걸 애먼 데 화풀이하는 건가 봐."

제 말에 맞장구는커녕 밍숭맹숭한 연수가 못마땅했는지 천이가 실쭉샐쭉했다.

"그렇게 오기 싫으면 통감 자리를 내놓으면 될 것이지. 병이라도 걸려서 아예 안 왔으면 좋겠다."

천이의 악담에 마음이 쏠리는 걸 연수도 어쩌지 못했다.

천둥 뒤에 번개

비가 오려는지 아침부터 내내 하늘이 꾸물꾸물했다. 일에 정신을 팔면 우울한 기분이 좀 가시려나 했는데 그것도 아니었다. 우연히 만난 후 한참이 지났는데도 지완에게서 아무 소식도 없었다. 데라우치 통감이 입성한다는 말에 궁궐 안은 뒤숭숭했다. 통감부 관리들이 궁궐 문턱이 닳도록 들락거렸다. 수방나인들도 애먼 불똥이 튈까 다들 전전긍긍했다.

데라우치 통감이 군함을 타고 인천에 도착한 것은 7월 23일이었다. 그가 탄 특별열차가 남대문 역에 도착했을 때는 수방에서도 들릴 만큼 열아홉 발의 예포까지 쏘았다. 남산 왜장대 통감부를 에워싸고 있던 헌병대가 광화문 육조거리로 개미 떼처럼 몰려나와 오가는 사람들을 몰아냈다는 말에 연수는 가슴을 쳤다. 임금님 행차

때보다 더 삼엄한 경계였다고 했다.

엄 귀비가 통감의 처와 두 딸을 궁으로 불러 연회를 베풀 거라며 박 상궁은 선물 준비를 시켰다. 두 딸에게 선물로 줄 한복의 저고리 진동에 무궁화를 수놓으라고 했다.

"이 땅이 무궁화의 나라라는 것을 알려 주려는 황실의 뜻이니까 그리 알고 서두르도록 해라."

딱딱한 말투와는 달리 박 상궁의 눈에는 온갖 감정이 다 담겨 있었다.

"도둑고양이한테 여기는 생선가게이니까 생선 대가리는 절대 건드리지 말라 그러면 알아먹기나 할까요?"

천이의 구시렁거림 탓에 냉랭하던 방 안에 조금 숨통이 트였다. 연수는 답답한 마음을 몰아내듯 가위로 실매듭을 잘랐다.

8월이 지나면서 대신들의 왜성대 출입이 잦아졌다. 황후조차 자수 공부를 핑계 삼아 연수를 부르는 일도 없었다. 연수는 바깥의 소란으로부터 눈감자, 귀 닫자 그러면서 더운 여름을 견뎌 냈다. 궐내각사 곳곳에 사람들이 모여 쑤군거렸다. 새로 부임한 통감과 일본 관리들 얘기가 대부분이었다. 데라우치 통감은 그 사이 미룬 일을 처리하는 건지, 아니면 따로 할 일이 있는지 소리 없이 조용히 지냈다.

귀옥이가 출궁한 후 천이의 태도가 더 나굿나굿해졌다. 수방 최고의 나인이었던 귀옥이 퇴출 명부 제일 위에 올라가 있어 수방나인들은 모두 어리둥절해했다. 조카 일인데도 김 역관이 군말 없이 따른 것도 이상하다면 이상했다. 수방나인들은 연수에게 자수 실력이 밀리자 자존심이 상해 나간 거라 넘겨짚기도 했다. 가리개 병풍일은 황후도 박 상궁도 없던 일로 하고 함구해 왔는데 수방 나인들이 뭘 알고 있기나 한 것처럼 떠들어서 연수는 내심 뜨끔했다. 그일이 새나갔다면 수랏간이든 생과방이든 곳곳에 동무가 있는 천이밖에 없는데…. 나중에야 난경이 가기로 한 여학교에 귀옥이 대신 들어갔다는 말을 듣고 뒤통수를 맞은 기분이 드는 건 어쩔 수 없었다.

점심을 먹은 후부터 천이는 꼰사를 만들었다. 꼰사는 실 한 가닥을 반으로 나눠 각각 꼰 다음 다시 풀리지 않게 반대로 꼬아서 만든 실이었다. 꼬지 않은 실(푼사)에 비해 굵기도 다양하고 빛을 반사해 입체감이 잘 살아났다. 제대로 꼰사 만드는 걸 배우는 데만도 1년 넘게 걸릴 만큼 정교한 작업이었다. 수방을 운영할 때 어머니는 늘 손재주를 익히는 것보다 인성을 먼저 갖추는 게 중요하다는 말을 매번 강조했다. 박 상궁이 '마음씨, 솜씨, 맵씨'를 들먹일 때면 연수는 박 상궁이 어머니를 똑 닮았다는 생각이 들곤 했다.

"저번에 왔던 그 애가 너 좀 보재."

연수는 천이를 흘깃 보고 수틀로 다시 눈을 돌렸다.

"너 대충 만든다고 또 혼나고 싶어?"

옆의 나인이 천이를 나무라며 한 소리 했다.

"한 번만 만나 줘. 내가 곤란해서 그래."

천이는 들은 척도 않고 연수에게 빨리 가 보라며 졸랐다. 난경이 쥐여 줬을 게 분명한 손거울을 천이는 치마 밑으로 부리나케 감췄다. 다시는 그런 부탁 받으면 안 된다고 단단히 이르고서야 연수는 방을 나섰다.

굳이 피할 일도 아니었고 피하고 싶지도 않지만 마음이 내키지 않았다. 제 어미를 따라온 걸까? 혹시 지완에게 무슨 일이 생긴 걸까?

궁궐 여기저기 여름 꽃이 한창이었다. 담벼락 아래 봉숭아는 꽃 망울을 터트리고, 배롱나무도 서둘러 꽃을 피우고 있었다. 중궁전에서 떨어진 희정당 근처에서 도착하자 기다렸다는 듯 난경이 담벼락 뒤에서 불쑥 튀어나왔다.

"그사이 지완 오라버니 봤어?"

창경궁 일을 알기나 한 듯 삐뚜름한 난경의 눈빛이 생선가시처럼 목에 걸렸다.

"그 사람을 왜 여기서 찾아? 탁지부…"

"오라버니가 탁지부에 있는 걸 어떻게 알아? 역시 내 짐작대로 둘이 만났구나?"

난경이 도끼눈을 하며 이죽거렸다. 연수는 무슨 억지냐며 따져 물을 여유가 없었다.

"왜 그 사람한테 무슨 일 있어?"

연수는 흔들리는 눈빛을 들키고 싶지 않아 눈에 잔뜩 힘을 주었다.

"아무리 만나자고 해도 자꾸만 날 피해… 혹시 따로 둘이서 한 말이 있나 싶어서."

난경의 말에 연수는 다리 힘이 풀렸다. 알려고만 들면 궁궐을 안 방 드나들 듯하는 제 아비에게 물어보면 될 일을 굳이 찾아온 데 는 다른 꿍꿍이속이 있을 것 같았다. 난경은 뭔가를 알아내려는 듯 눈알을 되록거렸다.

"아버지가 남동생을 일본에 유학 보내려나 봐. 곧 일본 세상이 올 테니까 일본어라도 완벽하게 배워 오라는 거지."

연수도 막냇동생을 알긴 했다. 남동생 병수와 같은 보통학교에 다녀서 몇 번 부딪친 적 있었다. 궁궐까지 와서 집안 자랑을 하나 싶어 연수는 마음이 껄끄러웠다.

"동생 혼자 보내기 그래서 오라버니도 함께 유학 보내 주겠다고 그러는데도 절대 안 가겠다고 버텨. 도대체 왜 그러는지 모르겠어."

일본 유학만 다녀오면 탁지부 주사 아니라 통감부에도 들어갈 수 있는데 지완이 바보 같다며 난경이 펄쩍 뛰었다. 엇나가는 지완이 의 행동이 성에 차지 않아 몹시 화가 나 있었다.

"언니가 오라버니 좀 설득해 줘. 언니 말이라면 분명히 들어줄 거 야. 이번만 도와주면 그 은혜 잊지 않을게."

"네 아버지 말도 안 듣는 사람이 내 말을 듣겠어? 그 사람이 그

126

러는 데는 그만한 이유가 있겠지."

김 역관이 마음먹으면 목에 칼을 겨눠서라도 지완을 일본으로 보낼 것이다. 그 일에 시달리느라 소식을 못 전하는 걸까? 어찌 됐든 연수는 난경이가 원하는 대로 해 줄 생각은 눈곱만큼도 없었다.

"오라버니가 일본에 가면 난 밤도망을 해서라도 따라갈 거야. 오라버니와 함께라면 지옥도 멋질 것 같아."

"그 사람도 그런 네 마음을 알고 있어?"

"알면서도 모른 척해. 그런 말 꺼낼 때마다 마음에 둔 사람이 따로 있다나. 그럼 어때? 어차피 그 여자는 일본까지 따라오지는 못할 테니까."

부탁하러 왔다면서 난경은 앞뒤 없이 자기 얘기만 해 댔다. 지완의 팔에 매달려 파티다 백화점이다 놀러 다닐 생각을 하는지 난경의 입가에 웃음이 가시지 않았다.

"그걸 내가 왜 도와줘야 하는데? 그런 일이라면 절대 하고 싶지 않아. 내가 말한다고 그 사람 생각이 달라질 리도 없지만."

까칠한 연수의 말에 난경의 눈이 점점 커졌다. 천이가 곤란하더라도 그냥 수방에 있을 걸, 괜히 나와서 애먼 소리 들은 것 같아 부글부글 속이 끓었다.

"설마 언니가 오라버니를 마음에 두고 있는 거야? 그래서 도와줄 수 없다는 거 아냐?"

난경이 얼토당토않게 말꼬리를 물고 늘어졌다.

"그런 일 없어. 나랑은 가는 길이 다른 사람이야. 너랑도 마찬가지고."

"그건 아니지. 예전엔 안주수방에서 부리는 사람이었는지 몰라도 이제는 아버지의 사람이야. 탁지부에 들어간 것도 아버지 아니었으면 어림없는 일이었어. 지금은 싫다고 버텨도 오라버니도 일본 가면 생각이 달라질 거야."

지완이 원치 않는 일이라면 도와줄 수 없었다. 만에 하나 지완이 그런 생각이 있다 하더라도 말렸을 것이다.

"이번 일 도와주면 언니가 궁에서 나올 수 있게 도와줄게. 원한다면 귀옥 언니처럼 여학당에 다닐 수도 있어. 어때?"

난경이 곰살스러운 말본새로 연수를 구슬렸다. 당분간은 김 역관의 일을 돕는 척할 거라던 지완이었다. 지완이 무슨 마음으로 그런 말을 했는지 어렴풋이 짐작만 할 뿐이지만 자기 때문에 곤란할 일은 절대 만들고 싶지 않았다.

"그럴 생각 없어. 내가 궁을 나갈 일은 없을 거야. 널 도와줄 생각은 더더욱 없고."

난경이 말에 꼬박꼬박 말대답을 하는 자신에게 연수는 짜증이 났다. 정수리로 쏟아지는 햇살이 따가웠다. 후원에나 가야 손바닥만 한 나무그늘이 있을 뿐 궁궐 안은 더위 피할 데가 없었다. 땀을 닦는 척 연수는 손으로 이마를 훔쳤다.

"이건 옛정으로 얘기해 주는 건데… 당장 궁녀 짓은 그만두는 게 좋을 거야. 우리 아버지가 곧 일본과 조선이 합쳐질 거라고 그랬어. 이런 비밀 아무한테나 안 알려 주는 거 알지?"

난경의 귓속말이 귓불을 간질렀다. 벌레가 달라붙는 것 같아 연수는 몇 번이나 귓불을 꼬집었다. 조선과 일본이 합쳐진다는 게 무슨 말일까? 전쟁이라도 벌어진다는 걸까?

돌아오는 내내 난경의 말을 곱씹어 봤지만 그런 일은 절대 일어나지 않을 것 같았다. 볼에 닿는 바람이 끈적거렸다.

남산에서 시작된 먹구름이 서서히 궁궐로 몰려왔다. 앞이 보이지 않는 깊은 안갯속을 걷는 것처럼 매일매일이 불안했다.

바람 없이 평온한 나날이었지만 언제 회오리바람이 분탕질을 할지 위태위태한 매일이었다.

연수는 자꾸만 가라앉는 마음을 일로 다독이기로 했다. 낡은 고쟁이와 속치마를 새로 마름질해서 버선을 만들 생각이었다. 세답방 나인이 낡은 것을 왜 달라는지 모르겠다며 투덜거렸다. 연수는 나인들 버선에는 석류를, 상궁들 버선에는 매화를 수놓았다. 나인들은 궁궐을 벗어나 민가로 돌아가면 속 깊은 남자 만나 평범하게 애 낳고 좋은 어미로 살기를, 상궁들에게는 거친 세파에도 굳건히 견뎌 내기를 바라는 마음을 담고 싶었다.

황후의 부름을 받은 건 정오 무렵이었다. 중궁전 앞에서 연수는 막 방을 나오는 지완과 마주쳤다. 숨이 멎는 듯했다. 놀란 연수와 달리 지완은 처음 보는 사람인 양 고개만 까닥하고는 지나쳤다.

김 상궁이 얼빠진 연수에게 어디 아프냐고 물었다. 고개를 가로젓자 김 상궁은 황후도 무슨 고민이 있는지 며칠째 힘들어한다고 걱정했다.

"이만 물러들 가세요."

황후의 딱딱한 말에 지밀상궁과 김 상궁이 머뭇거리며 물러났다. 한눈에도 지난번 봤을 때보다 황후는 몹시 지쳐 보였다.

"도통 무슨 정신으로 사는 건지 이달 스무사흘 날이 아우의 생일인 것을 며칠 전에야 기억해 냈구나. 마음 같아서는 최고로 좋은 것을 선물해 주고 싶지만, 내 처지가 그렇지 못하니…"

황후의 얼굴이 다시 어두워졌다. 연수는 아우의 생일조차 마음껏 축하해 주지 못하는 심정이 오죽할까 싶어 마음이 짠했다.

"언젠가 네가 그러지 않았느냐? 마음이 담긴 것이 가장 소중한 거라고. 아우의 생일 선물, 네가 맡아 주겠느냐? 거기에 내가 수놓은 두루주머니를 더하면 충분할 듯한데…"

궁내부를 통하면 온갖 값지고 귀한 것을 구할 수 있을 텐데 황후는 연수에게 숨김없이 속내를 보였다. 황후가 아닌 언니로 마음을 전해 주고 싶어서 그랬을 거라는 생각이 들자 연수는 마음이 한결 가벼워졌다.

"마마의 마음을 담은 선물이 되도록 성심을 다하겠습니다."

"고맙구나. 동무라면 이름 정도는 서로 알아야지 않겠느냐?"

"네?"

"난 증순이다. 윤증순. 난 해평 윤씨인데 너도 나랑 본관이 같으냐?"

"아니, 아닙니다. 전 파평 윤씨입니다."

"그렇구나. 본관은 달라도 일가붙이나 진배없지. 우리가 사가에서 만났다면 정말 좋은 동무가 될 수 있었을 텐데."

황후가 권하는 한과와 타래과가 자꾸 목에 걸렸다.

어젯밤에 내린 비로 풀빛이 더욱 푸르렀다. 질척이는 곳을 피해 연수는 박석만을 골라 밟으며 걸었다. 어떤 선물이 좋을까? 박 상궁에게 여쭤볼까? 연수는 이런저런 생각으로 머릿속이 복잡했다.

막 문을 들어서려는데 누군가의 손이 연수를 잡아당겼다.

"네가 나올 때까지 기다렸다."

지완이었다. 이렇게 궁궐에 있는 걸 보면 일본 유학은 없는 일로 된 게 분명했다. 안도감과 반가움에 하마터면 연수는 좋아하는 티를 낼 뻔했다.

지완이 끄는 대로 연수는 따라갔다.

"여기는 어쩐 일로?"

"인사 드리려고."

"인사라니 누구한테?"

"당분간 총리대신 통역 일을 맡아서 황후마마께 인사 드리러 왔어. 통감부를 안방 드나들 듯하면서 총리대신이 일본말을 못한다는 게 말이 돼? 덕분에 내가 그 자리를 얻긴 했지만 말이야."

지완의 말을 건성으로 들으며 연수는 주위를 두리번거렸다. 지완이 혼자 온 게 아닐지도 모른다는 생각에서였다.

"아무도 없어. 김 역관이 총리대신을 모시고 좀 전에 갔어. 부탁할 게 있어서 널 불렀다는 황후마마의 말을 듣고 무슨 일인지 궁금해서. 기껏해야 우리 또래일 텐데 어린 나이에 감당하기 힘든 세상이잖아? 무슨 부탁이든 힘껏 도와주었으면 좋겠다."

기껏 황후의 부탁을 들어주라는 얘기를 하려고 기다리진 않았을 텐데. 지완은 진짜 하려던 말은 끝내 하지 않았다.

'내가 할 수 있는 최고의 선물을 만들 거니까 걱정하지 마.'

지완이의 말이 아니어도 연수는 무슨 일이든 꼭 해야겠다는 생각이 들었다. 마음 붙일 곳 하나 없는 황후를 기쁘게 하는 일이면 더더욱 말이다.

밤까지 열기가 식지 않는 무더운 밤이었다. 머리만 닿으면 잠에 빠지는 천이조차 연신 부채질을 하더니, 결국엔 방문까지 조금 열어젖히고서야 자리에 누웠다. 연수는 홑이불을 꼭꼭 여몄다. 더운 날인데도 마음이 추웠다.

"낮에 윤 나인이 중궁전에 갔을 때 난경이 왔었어. 그 애 말이 약혼자가 궁궐에 들어왔다고 하던데, 거짓말하는 것 같지 않았어. 그 애가 좋아한다는 남자가 윤 나인도 아는 사람인 거지, 그지?"

떠보려는 듯 천이 목소리가 더욱 은밀해졌다.

일본에 보내는 것보다 총리대신에게 자기 사람을 심어 두는 게 훨씬 이득일 거라는 계산쯤은 김 역관도 했을 거였다. 김 역관의 속셈을 알면서도 지완이 그걸 받아들였다는 게 얹힌 돌처럼 거북했다. 지완은 왜 총리대신 옆에 있으려고 하는 걸까? 갖가지 걱정이 뒤엉켜 연수는 밤새 뒤척였다.

어떤 부탁

끙끙대는 연수를 눈여겨보고 있었던 걸까? 박 상궁이 연수를 따로 불렀다. 연수에게 박 상궁은 세상이 뒤집어져도 그 자리에 있을 거라는 믿음을 주는 유일한 사람이었다.

"너는 왜 여인네들이 수주머니를 차는지 아느냐?"

"네? 수주머니요?"

생뚱맞은 질문에 절로 연수의 말꼬리가 올라갔다.

"주머니는 저고리와 한 몸이지만 또 제 세상을 가지고 있기도 하지. 주머니 안에 동전이나 향만 넣는 건 아니란 말이다."

"그럼요?"

"여인네의 한숨과 걱정, 사랑과 미움, 또 한평생 간직하고 싶은 그 무엇을 담고 있단다."

134

연수는 박 상궁의 다음 말을 숨죽여 가며 기다렸다.

"그게 무엇인지요…."

"거친 인생살이에서 힘이 되는 것, 살아가는 내내 절대 놓지 못하는 것, 무엇인 줄 짐작해 보겠느냐?"

심각한 얼굴을 한 연수를 보고는 박 상궁이 슬며시 웃었다.

"바로 꿈이란다. 자기 인생을 걸고 지켜야 하는 소망이자 바람이지. 가족의 무병장수를 비는 마음, 자식의 행복을 바라는 어미 마음, 날 알아주는 이를 만나 해로하고 싶은 아낙의 마음, 죽는 날까지 변함없는 사랑을 받았으면 하는 여인네 마음 …."

"꿈, 소망…. 주머니 하나에도 그런 깊은 뜻이 숨겨져 있다니 놀라워요."

연수는 여동생의 앞날을 축복해 주고 싶은 언니의 마음, 자신이 누리지 못한 지아비의 지극한 사랑을 받기를 바라는 여인네의 마음, 황후의 뜻을 담기에는 괴불주머니밖에 없다는 생각이 들었다. 그제야 박 상궁이 자신을 불러들인 이유를 알 듯했다.

연수는 괴불주머니를 만드는 데 온 마음을 쏟았다. 황후의 마음을 전해 줄 특별한 선물이라는 생각에 연수는 잠까지 줄여가면서 수를 놓았다.

"뭘 하기에 밤샘까지 하고 그래?"

천이가 치근덕댈 때마다 연수는 웃기만 했다. 선물이라고 하자 사내가 괴불주머니를 좋아하겠냐며 핀잔을 놓았다. 지완에게 줄 선물로 오해한 모양이었지만 연수는 아무 말도 하지 않았다.

"네가 무엇을 만들었는지 무척 궁금한데 보여줄 수 있겠느냐?"

연수는 보따리에 싸여 있던 함을 황후 앞으로 내밀었다.

"이건 괴불주머니가 아니더냐?"

"네. 그러하옵니다."

괴불주머니를 들여다볼 뿐 황후는 아무 말도 없었다. 마음에 안 드는 걸까? 연수는 가슴이 떨렸다.

"여기 달린 여러 장식들은 무슨 의미가 있는 게냐?"

"상궁마마께 여쭈었더니 아우 되시는 분이 곧 혼사를 앞두고 있다 들었습니다."

"누가 그런 말까지 했누?"

황후가 김 상궁을 보며 살짝 눈살을 찌푸렸다. 연수를 건너다보며 김 상궁이 시치미를 뗐다.

"마음이 앞서 찾아가 여쭌 건 제 불찰이니 상궁마마님을 나무라지 말아 주십시오."

"기특해서 하는 말이니 괘념치 말거라. 네 말대로라면 여기 수놓은 문양들이 저마다 뜻을 갖고 있다는 말이구나?"

"꽃과 나비를 함께 수놓은 것은 신랑 각시의 한결같은 애정을 담은 것이고, 이 매미는 부군 되실 분이 높은 벼슬에 오르기를 바라는 것이고, 박쥐는 부귀영화를 의미하지요. 한꺼번에 엮은 것은 혼인 후에도 세상의 복을 내내 누리라는 뜻이에요."

황후는 별전괴불주머니의 앞뒤를 조심스럽게 어루만졌다. 황후의 편안한 얼굴을 보며 연수는 가슴을 쓸어내렸다.

"아우 앞날에 혹여 내가 걸림돌이 되지 않을까 걱정도 되고 내 신세가 이래서 온전히 축하해 줄 수 없어 자괴감이 들었는데 왠지 이 괴불주머니라면 아우가 내 마음을 다 알아줄 것 같다는 생각이 드는구나. 애썼다."

말끝에 황후의 눈가가 촉촉하게 젖었다. 낮게 흐느끼는 소리에 뒤돌아보니 김 상궁이 저고리고름으로 눈가를 찍어 내고 있었다. 궁궐 밖 사람들에게는 한없이 부럽고 세상 걱정 없는 여인으로 보이겠지만 연수 눈에는 황후라는 자리를 힘겨워하는 열일곱 살의 소녀였다. 기쁨은 감추고, 슬픔도 억누르고, 외로움은 삼켜야 하는 가여운 여인일 뿐이었다.

마음을 추스렸는지 황후가 허리를 반듯하게 세웠다.

"우리 동무라고 했지?"

"네, 그렇습니다."

황후의 눈짓을 본 김 상궁이 손에 쥐고 있던 작은 상자를 연수 앞으로 내밀었다. 연수는 어리둥절한 얼굴로 황후를 올려다보았다.

"내 마음이니 어서 열어 보아라."

연수의 손이 가늘게 떨렸다. 상자 안에는 작은 손거울이 들어 있었다.

"너한테 더 어울릴 것 같아 선물하는 거니 사양하지 않았으면 좋겠구나."

"저에게는 분에 넘치는 물건입니다."

"나한테는 쓸모없는 물건이다. 한창 나이에 궁에 갇혀 사니 얼마나 갑갑하겠니? 다시 집으로 돌아가면 이 거울을 보며 네가 얼마나 어여쁜 사람인지 잊지 않았으면 좋겠구나."

"한 번도 제 선택을 후회하지도, 사가의 여인처럼 살겠다 꿈꾼 적 없습니다. 부디 거두어 주십시오."

계속 거절하는 연수를 보고 김 상궁이 끼어들었다.

"감사히 여기고 얼른 받아라."

"내 마음에 꼭 드는 선물을 만들어 준 것에 대한 고마움의 표시라고 해 두면 되겠느냐?"

황후가 그렇게 나오는 데야 연수는 더 이상 거절할 수 없었다.

"황송하옵니다. 마마의 마음을 소중하게 간직하겠습니다."

연수는 상자를 조심스럽게 받아들었다.

"네가 궁 밖으로 나가서 여기 일 모두 잊고 자유롭게 살았으면 좋겠구나. 평생 너를 아껴 줄 사내를 만나고 올망졸망 어여쁜 아이도 낳고…. 내가 살아 보지 못한 그런 삶을 네가 대신 살아 주면 좋겠구나."

황후의 눈 속에 고인 슬픔이 고스란히 전해지는 것 같아 연수는 마음이 아렸다.

"너한테 줄 선물이 또 하나 있구나."

기다렸다는 듯 김 상궁이 장롱 안에서 침대보를 들고 왔다. 법국
(프랑스)에서 온 퀴르트 자수라고 했다. 색색의 조각천을 이어 붙인
것이 우리네 조각보와 닮았다. 오랜만에 황후가 웃음이 많다며 김
상궁이 옆에서 말을 거들었다.

"상감마마 납시오."

황후가 돌아서서 옷매무새를 고치는 사이 지밀상궁이 방문을 열
었다. 갑작스런 임금의 방문에 두 상궁은 놀란 장닭처럼 허둥댔다.
황후가 밝은 얼굴로 안주수방의 여식이라고 연수를 소개했지만 귀
신이라도 본 듯 임금의 낯빛은 흑색이었다. 뒷걸음으로 물러나오던
연수는 고개 너머로 내관의 심각한 얼굴을 보았다.

"그래, 마마께서 좋아하시더냐?"

이마에 동여 맨 무명천을 풀며 박 상궁이 윗몸을 일으켰다. 방금
본 임금과 내관의 어두운 얼굴이 생각나 연수는 어디 편찮냐는 말
조차 입이 떨어지지 않았다.

"좀 더 있으면서 말동무라도 해 드리지 않구선?"

연수의 머뭇거림 때문인지 박 상궁이 부러 더 밝은 목소리로 말
했다.

"마마께서 선물로 들어온 퀴르트라는 서양 자수를 보여 주셨어
요. 영길리(영국)나 미리견(미국) 같은 나라에서는 아낙네들이 모여

수를 놓거나 조각이불을 만든다고 하셨어요."

"귀한 구경을 했구나."

박 상궁의 흐뭇해하는 모습에 기운을 얻어 연수는 자랑 섞인 말까지 했다.

"마마께서 다음에는 십장생도 병풍을 보여 주시마 그러셨어요."

"그런 말씀도 하셨어?"

"무척 귀한 병풍이라 하시며 상궁마마님께 여쭤보면 무슨 말씀이든 들려주실 거라고도 하셨어요."

연수는 공연한 자랑질을 한 것 같아 민망했다. 무슨 생각이 떠올랐는지 박 상궁의 눈빛이 아득해졌다.

"지금의 황제께서 왕세자 시절에 천연두에 앓으셨다가 한참 만에 회복하셨지. 그걸 기념해서 돌아가신 태황후마마께서 그 병풍을 만들라고 하셨단다."

박 상궁의 눈자위가 설핏 붉어지는 것을 연수는 놓치지 않았다.

"수방에서 만들었겠네요. 상궁마마님도 그 일을 함께 하셨겠지요?"

"그랬지. 그때만 해도 상의사가 있던 때라 수방나인들이 밤을 새워 수를 놓았지. 그때는 젊어서 늘 마음이 앞섰어. 돌아가신 상궁마마한테 참 야단도 많이 들었는데. 요즘도 그 병풍을 생각하면 그때 일이 떠올라 얼굴이 붉어지는구나."

박 상궁의 입가에 어색한 미소가 어렸다. 연수는 희끗한 새치머리의 박 상궁에게도 어설폈던 나인 시절이 있었다는 사실에 마음이 푸근해졌다.

　팔월 중순에 접어들면서 맑은 날보다 비가 오는 날이 더 많았다. 수라간 궁녀들은 사흘들이 장에 곰팡이가 피고 허옇게 구더기가 슨다며 동동걸음을 쳤다. 지난봄에 임금이 직접 모내기 했던 청의정의 나락들도 채 패기도 전에 썩었다. 총검을 앞세운 일본군들이 버젓이 궁궐 안을 다니는 것도 달라진 풍경 중 하나였다.

　"밤새 안녕이라더니, 아침에 눈 뜨기 무서워."

　아우의 혼사를 걱정하던 황후와 매한가지로 나인들의 얼굴에도 근심이 걷히지 않았다. 얼마 전에는 궁내부에 금실을 구하러 갔던 나인이 빈손으로 돌아왔다. 임금이 다시 대례복 입을 일은 없을 거라는 냉랭한 말과 함께 내쫓겼다며 울먹였다.

　"요즘 장안에 괴소문이 돌고 있대."

　매번 새로운 소문을 물고 오는 천이였지만 나인들은 들은 척도 않았다. 이제까지 들은 말로도 충분했다. 요즘 같아서는 큰물에 온 조선이 다 바다 밑으로 가라앉는다 해도 그러려니 할 것 같았다.

　"통감부 들어갔다 나올 때마다 왜놈들은 전답 한 마지기씩 챙겨 나온다는 소문 말이지? 그게 말이 돼. 그러니까 소문이겠지만."

　무거운 공기를 깨고 나인 하나가 천이의 말에 맞장구를 쳐 줬다. 그제야 봇물이 터진 듯 여기저기에서 한마디씩 덧붙였다.

"남의 땅을 허락도 없이 가져가는데, 나라님은 왜 가만 계시는 거래?"

"그게 어디 나라님 탓만이겠어. 나라보다 제 욕심 채우는 데 급급한 대신들이 더 문제지. 정말 이러다 어떻게 되는지 참 걱정이야."

"나라 곳간은 누가 챙기든 말든 난 녹봉이나 제대로 나왔으면 좋겠다."

"맞아. 지난달처럼 보름 늦게 나오면 정말 큰일이야. 동생 월사금도 내야 하는데."

한번 말문이 열리자 나인들의 입방아는 끝이 없었다.

지완은 잘 지내고 있을까? 통감부 얘기를 들어서인지 새삼스레 지완이 떠올랐다. 어릴 때부터 부당한 요구나 불합리한 일에는 조목조목 따지는 통에 '도무지 만만한 구석이 없는 아이'라며 어른들을 질리게 했던 지완이었다. 그런 지완의 궁궐살이가 마냥 편하지 않을 건 불을 보듯 뻔했다.

열어 놓은 방문 사이로 후덥지근한 바람이 들이쳤다. 가라앉은 공기 탓인지 가위질 소리, 자수틀을 맞추는 소리, 헛기침 소리조차 크게 들렸다.

"앗!"

잠시만 딴생각을 하면 바늘에 찔리기 예사였다. 연수는 아픈 내색도 못하고 손가락을 입에 넣었다.

"윤 나인은 뭐 들은 거 없어? 얼마 전에도 중궁전에 갔었잖아?"

천이야 별 뜻 없이 물은 말이었지만 연수는 황후와 임금의 어두운 얼굴이 기억나 마음이 무거웠다.

"여기 윤 나인이라고 있소?"

생각시 하나가 방문을 열며 물었다.

"무슨 일이냐?"

처음 보는 생각시라 연수가 의아한 눈길로 쳐다보았다.

"중궁전에서 보낸 사람이 찾아서요."

"누구신데?"

"그건…."

난처한 듯 생각시가 말꼬리를 늘이며 우물거렸다.

"황후마마께서 부르시는 모양이니 얼른 다녀와."

연수에게 얼른 나가 보라며 천이가 닦달했다.

"누가 나를 찾아요?"

연수의 물음에도 생각시는 앞서 걷기만 했다.

"그냥 돈 받고 하는 심부름이에요. 그냥 모셔 오라 했으니 곤란하게 자꾸 묻지 마세요."

생각시는 한 손으로 얼른 다른 손을 가렸다. 손가락에 낀 옥가락지가 눈에 들어왔다. 값나가는 가락지를 심부름값으로 지불할 정도면 돈푼깨나 있는 사람인가 짐작할 뿐이었다.

누군가에게 쫓기기라도 하듯 생각시의 걸음은 쫓아가기 힘들 정도로 빨랐다. 크고 작은 문을 서너 개를 빠져나가고도 한참이나 더 걸었다.

"여긴 중궁전 가는 길이 아니잖니?"

"황후마마가 찾는다고 해야 따라올 거라고 하던걸요."

생각시 말대로라면 연수가 중궁전에 출입한다는 걸 아는 사람이 분명했다. 누구지? 내친걸음이니 얼굴 보면 알겠지 싶으니 마음이 누그러졌다.

뒷마당을 빠져나왔을 때야 생각시가 누군가를 향해 까닥 고갯짓을 했다.

"왜 이렇게 늦었어?"

연수를 가로막으며 성질을 부린 것은 난경이었다. 연수는 어이가 없어 할 말을 잃었다.

"수고했어. 넌 그만 돌아가 봐."

생각시가 둘을 번갈아 보고는 꽁무니를 내빼듯 돌아온 길로 내처 달아났다.

"여기는 궐 안이야. 나라에 매인 몸인데 이렇게 불러내고 그러면 안 되는 거 몰라?"

연수는 제풀에 큰 소리를 냈다. 동네 마당을 다 훑고 온 듯 지저분한 치마 밑단을 보니 난경 역시 정신없이 달려온 품새였다.

"언니랑 말씨름할 시간 없어. 오라버니가 사라졌어. 통감부로 심부름 간다고 나가서는 안 돌아왔대. 지완 오라버니 때문에 아버지가 잡혀갈지도 몰라. 오라버니를 빨리 찾아야 돼."

난경은 숨도 안 쉬고 말했다. 난경의 말은 김 역관과 총리대신만이 아는 어떤 비밀을 지완이 알고 있어 위험하다는 거였다.

"무슨 기별 온 거 없어? 아무리 경황이 없어도 너, 아니 언니한테는 연락했을 거 아냐? 시치미 떼지 말고 알면 얘기해 줘."

갑자기 나타나서 훔쳐 낸 물건 내놓으라는 식이었다. '너'라고 했다가 '언니'라며 횡설수설에다 강짜까지 부리는 걸 보면 난경도 어지간히 속을 태운 모양이었다.

"도대체 무슨 말을 하는 거야? 시치미라니… 내가 숨겨 놓고 모른 척한다는 거니? 왜 너한테 그런 말을 들어야 하는지 모르겠다."

침착하게 말했지만 속에서는 집채만 한 풍랑이 일었다. 그래도 이런 식의 부당한 오해는 받고 싶지 않았다. 당연히 말투가 고울 리 없었다.

"정말이지? 오라버니 본 적 없는 거, 확실해?"

몇 번이나 확인하고 나서야 난경의 얼굴에 안도의 빛이 스쳐 지나갔다.

"그럼 하나만 부탁해."

입술을 깨물고는 난경이 말을 이었다.

"아버지가 나타나기만 하면 무조건 용서하신다니까 꼭 연락하라고 전해 줘."

지완이 돌아온다고 해서 김 역관이 온전히 감싸 줄 리 없었다.

연수의 얼굴이 점점 싸늘해졌다.

"언니가 우리 아버지 미워하는 거 다 알아. 그래도 오라버니에게 무슨 생기면 안 되는 거잖아."

난경이는 거의 울먹이듯했다. 지완이 자기를 찾아올 리 없다는 걸 알지만 난경에게 꼭 알려 주겠다고 약속했다. 거짓 약속을 해서라도 빨리 이 자리를 피하고 싶었다.

돌아가는 길이 멀고 길었다. 지완이를 찾아 나설 수도, 알아볼 방법도 없는 자신의 처지 때문에 자꾸 발걸음이 굼떴다. 머릿속이 드글드글 끓고 몸이 바닥으로 꺼졌다.

지완은 도대체 어디 있는 걸까? 지완이 원망스러웠다가 걱정되었다가 갈피를 잡을 수 없는 자신이 미워 연수는 세찬 죽비라도 맞고 싶었다.

수상한 편지

"웬 놈이냐!"

새벽 공기를 가르는 비명소리에 연수는 잠에서 깼다. 분명 '놈'이라고 했다. 방문 앞까지 무릎걸음으로 다가앉은 연수는 숨죽인 채 바깥을 살폈다.

"여기에서 한 발짝도 움직여서는 안 되오."

낯선 사내의 목소리였다. 내전에서 사내의 목소리가 들린 것은 전에 없는 일이었다.

"누구의 명령이냐? 이곳은 황후마마의 명만 받드는 곳이니 따를 수 없다."

박 상궁이 격앙된 목소리로 협박에 맞섰다.

"그런 건 내 알 바 아니고 난 명령대로 움직일 뿐이니 그리 아시란 말이오."

명령조의 거친 말투에 연수도 몸이 바짝 오그라들었다. 뒤이어 마당을 바쁘게 지나가는 발소리가 끊어졌다 이어졌다.

"황후마마께 직접 여쭈러 갈 것이다. 길을 비켜라."

"예서 한 발짝도 못 움직인다고 하지 않았소."

철커덕철커덕 금붙이가 부딪치는 소리가 들렸다. 군졸 서넛이 거칠게 박 상궁을 막아섰다.

"마마, 무슨 일입니까?"

연수는 더 이상 참지 못하고 맨발로 뛰쳐나갔다. 군졸 하나가 총검으로 연수를 거세게 밀어냈다.

"이 계집은 또 뭐야?"

"무엄하구나. 여기 나인들은 모두 나라님의 여자라는 걸 모르느냐?"

"어이쿠, 임금의 여자가 도대체 몇 꾸러미라는 거야?"

군졸의 빈정대는 말에 둘러서 있던 군졸이 키득거렸다. 그때 대문이 삐걱대며 열렸다. 허리춤에 긴 칼을 찬 사내가 소리치며 들어왔다.

"새벽부터 피 볼 생각은 눈곱만큼도 없으니 예서 꼼짝하지 마시오. 상궁이 좋아하는 나라님의 안위가 달린 문제이니 가볍게 행동하지 말란 말이오."

"대장은 조선 사람인 게요, 아님 통감부 *끄*나풀인 게요?"

박 상궁이 노기 섞인 목소리로 호통쳤다. 무리 지어 서 있던 나인들이 웅성대기 시작했다.

"이 땅에서 조선 사람, 일본 사람 나누던 시대는 이미 끝난 걸 모르겠소?"

대장의 낯에서 싸늘한 냉기가 뿜어져 나왔다. 러일전쟁에서 승리한 일본의 조선주차군사령부는 노서아 세력을 몰아내겠다는 명분을 내세워 조선에 몇 해째 주둔하고 있었다. 일본에 의해 대한제국 군대가 해산된 후 제국군의 대부분이 의병이 되거나 평민의 신분으로 훈련원을 떠났고, 나머지들은 주차군사령부에 합류했다. 궁궐을 수비하는 1개 대대만 조선보병대라는 이름으로 덕수궁 대한문 안쪽에 막사를 마련했다.

"너희들은 이곳에서 나가 대문 밖 출입을 통제하도록 해라. 한 치의 실수도 없이 잘 지켜야 할 것이다."

대장의 호통에 군인들의 몸이 돌같이 굳었다. 연수는 비칠거리는 박 상궁에게 얼른 다가섰다.

"마마, 안으로 드세요."

"위아래도, 법도도 없으니 이 나라가 어찌 되려는지…"

박 상궁은 연수의 어깨에 몸을 기대고 걸음을 옮겼다. 둘러서 있던 나인들이 길을 내주었다.

"새벽에 난리 났었다며?"

"무슨 일 벌어지는 거 아냐?"

아침 밥상머리에서도 쑥덕거림은 그치지 않았다. 뒤숭숭한 마음에 다들 입맛을 잃은 눈치였다.

"대신들이 아침부터 대전으로 몰려갔다면서…"

"며칠 전에 이완용 대감이 일본 데라우치 통감을 만난 것과 무슨 관련이 있는 거겠지?"

"도대체 그분은 어디 편인지 모르겠어."

박 상궁이 사납게 눈을 치켜뜨자 궁녀들이 일제히 입을 다물었다.

"낮말은 새가 듣고 밤말은 쥐가 듣는 법. 함부로 입을 놀렸다가는 물고를 내고 말 테니 명심해라."

박 상궁은 전에 없이 송곳 같은 말투로 나인들을 윽박질렀다.

하루가 길고 지루했다. 바늘에 찔릴 때마다 연수는 쓰라린 손끝보다 자수 천에 피를 묻힐까 그게 더 신경 쓰였다.

"도대체 어디에 정신을 팔고 있는 거니?"

나인 하나가 엉뚱하게 천이를 나무랐다. 그게 다 자기 들으라는 말이라는 것쯤은 연수도 알았다. 애먼 불똥이 천이에게 튄 셈이었다. 다들 수틀에 손을 얹은 채 멍하니 앉아 있었다.

"일이 손에 안 잡혀. 자꾸 불길한 생각만 들고."

천이도 심란한지 손마디를 만지작거렸다.

"상궁 마마는 어쩌고 계신지 모르겠네."

"왠 오지랖이야. 마마 걱정은 말고 네 앞가림이나 제대로 하래

두…."

연수와 눈이 마주친 천이가 급히 말끝을 흐렸다.

궁궐 안을 사납게 헤집고 다니던 돌개바람은 베개 밑으로 스며들어 꿈자리까지 뒤숭숭하게 만들었다. 삼삼오오 둘러서서 쑤군대는 궁녀들의 모습이 자주 띄는 것도 불안감을 부추겼다.

"임금님도 없이 대신들이 아침마다 어전회의를 한대. 도대체 무슨 모의를 하는 거래?"

"어제 오늘 일도 아니잖아? 이름만 임금이지 일일이 통감부 허락을 받아야 한다는데 뭐."

"일본 놈한테 붙어서 알랑방귀나 뀌는 대신들밖에 의지할 데 없는 임금도 어찌 보면 불쌍하시지 뭐야."

다들 잔뜩 목소리를 낮추고 말했지만 듣기 싫은 말은 더 잘 들리는 법이었다. 좋은 소문보다 나쁜 소문이 발 빠른 것도 그런 이치겠지. 어디에서든 지완이 무사해야 할 텐데… 복잡한 생각을 덜어 내려고 연수는 다시 바늘을 잡았다.

"이완용 대감과 송병준 대감이 서로 경쟁하듯이 조선과 일본을 합쳐야 한다는 청원서를 진즉에 통감부에 냈었대."

천이가 잔뜩 고개를 숙이며 목소리를 낮추었다. 아무려면 나라의 녹을 먹는 관리가 제 식구를 남의 집에 팔아넘긴다는 게 말이 될 일인가. 연수는 듣고도 믿고 싶지 않았다.

"넌 어째 할 말과 하지 않아야 할 말을 분간도 못 하는 거냐? 상
궁마마님께서 그렇게 일러 줬으면 말 못하는 짐승도 다 알아들었을
거다."

심란한 얼굴로 내내 반짇고리만 뒤적거리던 나인 하나가 목소리
를 높였다. 없는 데서는 나라님 흉도 보는데 무슨 대수냐며 천이가
툴툴댔다.

주위를 두리번거리며 지밀나인 하나가 수방 쪽으로 걸어왔다. 뜨
거운 부뚜막을 걷는 고양이처럼 조심스러운 걸음이었다.

"윤 나인이 뉘시오?"

수틀 위에 얹혀 있던 연수의 눈가가 가늘게 떨렸다. 내전에서 몇
번 본 적 있는 지밀나인이었다.

"저기, 웬 군졸이 기다리고 있어요."

나인은 귓속말이라도 하듯 입을 벙싯거렸다. 연수는 믿기지 않아
멍하게 나인을 쳐다보았다. 대낮에 군졸이 나인을 찾다니, 낮도깨비
같은 일인 데다 위에서 알면 경을 칠 일이었다.

"참, 말세야. 대낮에 사내가 궁녀를 찾아오고."

"어떤 남정네인지 난 부럽기만 한데, 뭐."

나인들 틈에서 시시덕대는 말소리가 들렸다.

연수를 보자 군졸이 능구렁이 같은 눈으로 주위를 살폈다. 더운
날씨에도 겨드랑이에 두 팔을 끼워 넣은 모습이 몹시 옹색해 보였
다. 연수가 다가서는 걸 보고도 군졸은 뒤춤에 숨겼던 모자 끈을

조이며 꾸물거렸다.

"혹시 윤 나인이오?"

벌써 한잔 걸쳤는지 군졸의 입에서는 역한 냄새가 났다. 연수는 머뭇대며 고개를 끄덕였다.

"아무리 남녀상열지사가 땅에 떨어진 세상이지만, 궁녀한테 연서를 전해 달라는 간 큰 사내는 내 첨 봤소."

연신 투덜거리며 군졸은 품속에서 편지 하나를 꺼냈다. 하얀 봉투는 얼마나 만지작거렸는지 구깃구깃했다. 연수가 말 한마디 건네볼 틈도 없이 군졸은 빠른 걸음으로 회랑 쪽으로 내달렸다.

연수는 급하게 편지를 저고리 섶에 숨겼다. 가슴이 널뛰듯 하고, 다리도 후들거렸다. 방에 들어서도 쿵쾅대며 뛰는 심장 소리가 귀에 들릴 듯했다. 연수는 저고리 섶에서 편지를 꺼냈다. 반듯한 글씨체가 눈에 낯익었다.

자세하게 설명할 수 없어 미안하다. 곧 피바람이 불 거야. 이번이 네가 궁에서 나갈 수 있는 마지막 기회인 것 같고 며칠 전 뵈었던 그분께서도 도와주신다 하셨어. 어머니와 동생들을 생각해서라도 신중하게 행동하길 바란다.

연수는 몇 줄도 되지 않는 편지를 몇 번이고 되새기듯 읽었다. 꼬투리가 될 말은 한 자도 없었다. 분명한 것은 며칠 전 뵈었던 그분이 황후마마란 거였고, 곧 궁에 큰일이 벌어질 테니 궁을 나가라는 말이었다. 보통 여인네처럼 살아 주기를 바란다는 황후의 말도 생각났다. 며칠 전 새벽에 들이닥쳤던 군인들의 번들거리던 눈빛을 떠올리자 등을 타고 서늘한 기운이 흘렀다. 연수는 얼른 편지를 반닫이 깊은 곳에 감췄다.

"도대체 어디 있었어? 아까부터 박 상궁마마께서 널 찾으시는데."

벌컥거리는 소리와 함께 방에 들어선 것은 천이였다. 입이 닷 발은 빠져나온 품이 연수를 찾아 궁궐 안을 여기저기 쏘다닌 모양이었다.

"아무도 전하의 편을 들지 않았대요."

"폐하께서 이완용 대감한테 어느 나라 신하냐고 호통까지 치셨다던데요?"

박 상궁의 처소 앞에도 모여 서 있던 나인 몇이 연수를 보자 입을 닫았다. 굳게 닫힌 문틈으로 말소리가 두런두런 새어 나왔다. 연수는 굳게 닫힌 문을 맥없이 바라보았다.

"그 아이가 이 일에는 제격입니다. 그러니…."

그 말이 설핏 들리는가 싶더니 방문이 벌컥 열렸다.

"연수구나. 왔으면 인기척이라도 하지 그랬느냐?"

눈두덩이 푹 꺼진 박 상궁의 얼굴은 눈에 띄게 초췌했다. 연수의 손을 맞잡은 박 상궁의 눈가에 자글자글 주름이 잡혔다.

"그만 물러가 보겠습니다. 박 상궁께서는 끝까지 마마 곁에 계셔 주실 거죠?"

"김 상궁도 주위 말에 흔들리지 말고 부디 자중자애하셔야지요. 황후마마를 우리가 지키지 않으면 누가 하겠어요?"

박 상궁에게 목례를 하고 김 상궁이 방에서 물러났다.

"앉아라. 혹시 누가 뒤를 밟던가, 아니면 혹시 그런 기미는 없었 느냐?"

박 상궁은 연수 어깨 너머 문 쪽을 살폈다. 연수는 대답 대신 머리를 가로저었다.

"네가 처음 나에게 그리하지 않았느냐? 내 운혜에 매화를 수놓고 싶다고."

"늘 그러고 싶지요. 지금이라도 마마께서 그리하라 하시면…"

"오냐, 오냐. 네 그 말을 듣고 싶어 물어본 거다."

"예? 무슨 말씀이신지?"

연수는 전에 없이 힘들어하는 박 상궁이 무안할까 싶어 조심스럽게 되물었다.

"한 치 앞도 보이지 않는 험악한 세월, 황후마마 곁에 네가 있어 늘 든든했단다. 고맙다는 말을 한 번도 못했는데…"

여느 때와 달리 박 상궁은 유난히 초조해 보였다. 말꼬리를 흐린 말이 마지막 인사처럼 느껴져 연수는 눈앞이 아득해졌다.

"바깥에 중궁전 나인이 기다릴 거다. 먼저 가 있으면 나도 곧 따라가마."

눈가를 훔치며 박 상궁이 잠긴 목소리로 말했다.

위험한 심부름

발을 동동 구르며 중궁전 나인이 연수를 재촉했다. 새파랗게 질린 얼굴이 금방이라도 울 것 같았다. 연수는 쓰개치마를 챙겨 들고 부리나케 나인의 뒤를 쫓았다.

방 안으로 들어서던 연수는 밀랍처럼 창백한 황후의 얼굴과 마주쳤다. 황후는 서 있는 것조차 버거워 보였다. 황후는 급히 연수의 손을 잡아끌었다. 황후의 손바닥이 축축했다.

대신들의 다그침에 시달렸던 임금도 며칠째 수라에 손도 대지 않는다며 수라간 나인들의 말을 천이가 들려주었다.

사방이 조용해진 후에야 황후의 눈빛이 가라앉았다.

"이걸 길수 어멈한테 전해 드려야겠다. 이건 네가 저번에 만들어 준 괴불주머니인데 혹 무슨 일이 있을까 싶어 미리 보내려는 거다."

황후마마가 내민 것은 조그만 보따리였다. 불룩한 겉모양이 괴불주머니를 쌌다기에는 너무 커 보였다.

"이 일을 부탁할 사람이 너밖에 없구나. 박 상궁이 전차 정류장까지 데려다줄 거다. 부디 조심해야 한다."

황후의 불안한 모습이 마음에 걸려 연수는 얼른 보따리를 끌어안았다.

"그 사람이 너를 무척 아끼더구나. 지완이라고 하던데 맞느냐?"

보따리를 들고 일어서려던 연수는 너무 놀라 무릎이 꺾였다.

"그 사람을 어찌 마마께서…"

연수를 쳐다보던 황후의 눈가에 물기가 어렸다. 갑작스런 황후의 눈물이 불길한 예감 같아서 가슴이 선뜩했다.

"며칠 전 그 사람이 찾아왔단다. 총리대신과 전 내무대신이 엄청난 일을 꾸미고 있다고. 환란 중에도 이 나라를 지켜 낼 사람은 임금과 나뿐이라고. 하루에도 몇 번씩 이 자리에서 도망치고 싶었는데 그 사람 때문에 앞으로 어떻게 해야 할지, 마음을 다잡게 되었구나. 연수야, 이렇게 불러도 되겠느냐? 어쩌면 이게 마지막일 듯싶어서…"

"마지막이라뇨? 다시 돌아와서 천년이고 만년이고 마마 곁을 지킬 거예요."

연수는 울음덩이를 삼키느라 이를 악물었다.

"그 사람과 약속했다. 그 약속 때문이 아니라 널 동무처럼 아껴

서 하는 말이다. 이 문을 나가면 다시는 궁으로 돌아와서는 안 된다. 이건 황후가 아닌 네 동무로서 하는 말이니 명심 또 명심해야 한다, 알았느냐?"

온갖 감정이 뒤섞인 황후의 눈을 연수는 피하지 않았다.

"마마의 명이라도 그건 따를 수 없습니다."

"난 너를 내 평생 단 한 사람의 동무로 생각하고 있다. 동무를 이런 아귀다툼 속에 있게 하고 싶지 않구나. 그 사람, 너를 참으로 은애하더구나. 너를 위해 목숨이라도 내놓을 사람이다. 그런 사람이면 내 동무를 믿고 맡길 수 있다는 생각이 들 징도로. 이제 그만 나가 보거라. 박 상궁이 너무 오래 기다렸겠구나."

혼자 가겠다는 말에도 박 상궁은 굳이 돈화문 네거리까지 따라왔다.

손끝으로 단단한 게 잡혔다. 연수는 보따리를 쓰개치마로 감췄다. 박 상궁은 연수와 눈을 마주치지 않으려는 듯 내내 땅끝만 보고 걸었다. 한여름의 후덥지근한 바람은 눅눅한 습기를 품고 있었다. 박 상궁은 종루가 멀리 보이는 곳에 다다라서야 사가의 위치를 조곤조곤 일러 주었다. 연수는 한마디라도 빼뜨리지 않으려고 바짝 신경을 조였다.

"나도 황후마마와 같은 마음이다. 네가 여기 들어오겠다고 했을 때 네 마음이 어여뻐 무턱대고 허락한 걸 요즘처럼 후회한 적이 없다. 저마다 다 제 길이 있는 법인데. 너도 눈치 챘겠지만 이 왕조는 앞이 안 보이는구나. 안주수는 궁중 자수와 그 맥이 같다. 그러니 안주수를 지키겠다는 네 결심을 위해서라도 여기 있는 건 좋지 않아. 다시 돌아오면 안 된다. 알겠지?"

박 상궁의 눈가에 설핏 눈물이 비쳤다. 굳이 말리는 데도 돈화문까지 따라나온 이유, 연수의 마지막 모습을 지키려고 그런 걸까?

"마마, 저는 돌아와요. 제가 갈 데가 어디 있다고요?"

눈두덩이 시큰거려 연수는 소매로 얼굴을 가렸다.

누군가 자꾸만 뒷머리를 잡아채는 것 같아 연수는 돌아보고 또 돌아보았다. 황후의 이상스러운 부탁도, 박 상궁의 때아닌 눈물바람도 마음에 걸렸다. 초행길이라 마음이 불안해서 그런 거라며 연수는 애써 자신을 달랬다. 한여름의 더위가 턱까지 차올랐다. 발 내딜 때마다 마른 먼지가 풀썩 일었다.

종로에 이르자 마침 광화문을 막 빠져나온 전차가 보였다. 황후의 사가는 옥인동이지만 전차를 타고 되도록 사람들 눈에 띄지 않도록 하라는 박 상궁의 말 때문이었다. 그때까지 뒤따르는 기척은 없었지만 만사 조심해서 나쁠 것 없다 싶었다.

전차 타려고 시골 전답을 다 날린 사람도 있다는 말이 새삼스럽지 않을 만큼 전차 정류장 근처는 사람들로 북적댔다. 아이가 전차에 치인 사고로 한때 전차 운전수가 쫓겨나기도 했지만 그런 일은 금방 잊혀졌다. 하루나절을 꼬박 걸어야 할 거리를 한 시간이면 실어다 주니 비싼 전차삯만 아니면 매일매일 타도 질리지 않을 것 같았다.

매표구로 간 연수는 표가 다 팔렸다는 말에 눈앞이 캄캄했다. 전차 인파 속에 묻혀 나들이 나온 여염집 아가씨처럼 굴면 순검들의 눈을 피할 수 있을 거라는 계산이 틀어져 버렸다.

'운전수한테 졸라서 될 일이 아니야. 마음씨 고운 사람이 표라도 양보해 주면 좋을 텐데.'

연수는 전차를 기다리는 사람들을 찬찬히 둘러보았다. 어머니가 갑자기 쓰러지셔서 급히 집으로 가는 길이라고 할까. 그런 거짓말이 통할 만한 사람이 있나? 사람들 틈으로 갓을 단정하게 쓰고 두루마기까지 차려입은 시골 촌부가 보였다. 말끔한 입성과 여유로운 모습이 전차 구경을 위해 일부러 먼 걸음을 한 듯했다. 심호흡을 하고 연수는 촌부 앞으로 다가갔다. 촌부의 삐뚜름한 눈빛을 보자 도무지 입이 떨어지지 않았다.

"이게 필요한 거요?"

얼굴보다 전차표를 든 손이 먼저 연수 눈에 들어왔다. 딱 맞춰 이런 행운이 오다니. 연수는 고마움에 누구에게라도 고개를 조아릴 수 있었을 것 같았다.

"어머니가 쓰러지셔서…."

"그럼 빨리 가 보셔야죠."

양복 차림에 맥고모자를 눌러쓴 젊은 사내였다. 연수는 고맙다고 거푸 말하며 돈을 내밀었지만 사내는 한사코 거절했다.

"아가씨가 아닌 다른 사람이라도 그냥 지나치지 않았을 거요. 저기, 전차가 들어오니 어서 타시오. 급한 일인 듯한데."

마구잡이로 전차표를 손에 쥐여 주고 꽁무니를 내빼듯 사내는 사람들 틈으로 사라졌다.

전차 안은 발 디딜 틈 없이 복닥거렸다. 옆 사람이 뿜어내는 열기가 고스란히 몸으로 전해졌다. 연수는 사람들과 부딪치지 않으려고 잔뜩 몸을 옹송그렸다. 졸인 마음이 풀려서인지 온몸에서 피가 빠져나가듯 맥이 풀렸다. 창 너머로 분주한 한성 거리가 빠르게 지나갔다.

세상의 우울함을 날려 버릴 듯 햇살이 눈부셨다. 연수는 얼굴로 쏟아지는 햇살을 피하려고 손차양을 했다.

동대문에서 내려 여기저기 기웃거리다 연수는 다시 전차에 올라탔다. 뒤를 밟는 기척 같은 건 없었다. 한 정거장 가서 연수는 전차에서 내렸다. 발걸음이 어느새 시장 골목으로 접어들었다. 시장 안은 한여름의 폭염 속에서도 장사치들의 흥정과 사람들의 소리로 시끌벅적했다. 마포와 서강나루에서 들어오는 곡식과 비릿한 생선들, 햇살에 보석처럼 빛나는 소금 더미들이 난전에 그득했다. 궁궐의 어수선한 분위기와 달리 사람 사는 냄새가 났다. 똑같은 하늘 아래 살면서도 사람 사는 모습은 천양지차라는 생각이 들자 씁쓸한 마음을 지울 수 없었다.

통인동을 지나 연수는 누상동 골목으로 들어섰다가 움찔했다. 며칠 전 본 호위대 대장과 부하 몇이 걸어오고 있었다. 벌써 황후의 사가를 다녀오는 모양이었다. 박 상궁이나 김 상궁, 황후가 말했을 리 없고 연수의 행방을 알 만한 사람은 지밀상궁과 천이밖에 없다. 연수는 황급히 얼굴을 가리고 담벼락에 바짝 붙어 섰다. 허둥대는 꼴을 보였다가는 의심만 살 게 분명했다. 벌떡거리는 심장을 진정시키느라 연수는 숨을 참았다.

앞서 걸어오던 대장이 연수를 흘끔거렸다. 연수는 가까운 대문 쪽으로 빠르게 걸음을 옮겼다. 망설이다 문고리를 두 번 흔들었다. 대문 안쪽에서는 아무 기척도 없었다. 사람이 나오면 뭐라고 둘러대지? 벌써 근처까지 왔을 텐데. 생각과 달리 온 신경이 등 뒤로 쏠렸다.

"이틀 전에 청진과 대구에 주둔한 일본군이 한성으로 올라왔다며? 큰일 벌어지는 거 아냐?"

"여보게 말조심하게. 그러다 목 달아나."

키 작은 호위병이 손으로 목을 긋는 시늉을 했다.

"나남과 함흥에서도 군인들이 올라왔다는데…. 지금이라도 도망가야 하는 거 아냐?"

"어디로 도망하려고? 얼뜨기 같은 말 말고 얼른 가세나. 괜한 불똥이 우리한테 튀면 어쩌는가?"

호위병들의 쑤군거림과 함께 황후와 박 상궁의 어두운 얼굴이 겹치면서 연수는 정신이 아득해졌다.

대장과 호위병들이 골목을 빠져나가 뒤꼭지조차 보이지 않을 때까지 연수는 꼼짝 않고 서 있었다. 기척을 듣고 한참 만에 집 안에서 사람이 나왔다.

"제가 집을 잘못 찾은 것 같아요. 죄송합니다."

연수는 허리를 굽혀 사과했다.

옥인동 사가는 황후가 동궁계비로 책봉되어 궁궐에 들어갈 때 나라에서 해풍부원군에게 지어 준 집이었다. 담장 높은 재택의 솟을대문은 굳게 닫혀 있었다.

한참을 기다려서야 행랑아범인 듯한 늙은 사내가 문을 열어 주었다.

"황후마마께서 보내신 거네요. 요며칠 꿈에 자주 뵈더니, 황후마마께 무슨 안 좋은 일이라도…."

갑작스런 연수의 방문에 당황한 듯 길수 어멈이 허둥댔다.

"동생 분 혼례에 늦지 않게 꼭 전해야 한다고 당부하셨어요."

연수의 말이 끝나기도 전에 길수 어멈은 눈물부터 글썽였다.

"황후마마께서 보낸 귀한 손님인데, 그렇게 서 있지 말고 안으로 좀 들어와요?"

길수 어멈이 손을 잡아끌며 마루 위로 올라섰다.

"우리 황후마마께서는 어찌 지내시는지. 마음고생이 이만저만 아닐 텐데…"

황후 생각이 났는지 길수 어멈은 뒷말을 잇지 못했다. 혼인시킨 딸이 모진 시집살이에 시달린다는 말을 들은 친정어미의 심정이 그럴까 싶어 연수도 울컥했다.

울먹임이 잦아진 후에야 길수 어멈이 조심스럽게 보따리를 풀기 시작했다. 지켜보던 연수도 저도 모르게 숨소리를 죽였다. 보자기를 풀자 길상문 자수와 오방색의 술이 달린 괴불들, 그 사이사이로 황후의 옥가락지, 엽전 들이 달린 괴불주머니가 드러났다.

"어머나, 정말 어여쁘네요."

감탄을 쏟아 내며 괴불주머니를 들어 올리던 길수 어미가 '흡!' 하는 소리와 함께 불에 덴 것처럼 기겁해서 뒤로 넘어갔다. 연수의 눈도 휘둥그레졌다. 그것은 금색의 거북 형상을 한 묵직한 물건이었다.

"옥새가 아닌가요?"

연수의 말에 길수 어멈의 얼굴이 새파랗게 질렸다. 조금 전까지만 해도 그 묵직한 것이 황후가 예물 장만에 보태 쓰라고 금붙이를 챙겨 보낸 줄 알았다. 한참 만에 무거운 침묵을 깨고 연수가 조심스럽게 입을 열었다.

"마마께서 이곳에 옥새를 보낸 데는 깊은 뜻이 있을 거예요."

"…?"

길수 어멈의 손끝이 파르르 떨렸다. 이렇게 엄청난 물건을 사가에, 가족도 아닌 행랑어멈에게 보낸 황후의 뜻은 무엇일까? 연수는 불안하게 흔들리던 황후의 눈빛이 기억났다.

"황후마마의 생각을 알 것 같네요. 어릴 때도 제 방에 감춰 두는 게 제일 안전하다고 그러셨거든요."

길수 어멈 얘기를 하면서 얼굴을 붉히던 황후였다. 황후는 길수 어멈이라면 자신의 마음을 읽어 낼 거라는 확신이 있었던 거였다.

"감시가 무척 심했을 텐데, 무사히 여기까지 오긴 했네요. 윤 나인도 예까지 오려면 뭔 핑계라도 대야 했을 텐데…"

"어머니가 편찮으시다는 기별을 받고 급히 출행하는 걸로 했는데…"

"곧이곧대로 믿어 줄지는 모르는 거네요."

길수 어멈이 연수의 걱정을 다 알고 있었다. 머릿속을 뒤흔드는 불안에 어질머리가 일었다.

사라진 옥새 때문에 곧 궁궐에서는 피바람이 불지도 몰랐다. 그 옥새를 빼돌린 사람이 궁내부 관리도, 황족도 아닌 나인이라는 게 드러난다면? 그 생각만으로도 목소름이 돋았다. 큰아버지 시종원 경이나 민씨 일족이야 소문난 친일파이니 조사 대상에서 제외될 테고 남은 사람은 임금과 황후 주위의 내관이나 궁녀들뿐이다. 궁궐 수비대는 그날 궁궐을 빠져나간 사람을 찾아낼 것이고, 연수라는 게 밝혀지는 건 시간문제일 것이다.

연수가 황후의 부름으로 중궁전에 간 것을 중궁전 궁녀들도, 수방나인들도 알고 있을지도 몰랐다. 대신들과 일인의 총칼 앞에서 황후는 왕실을 위해서라도 끝까지 버티겠지만 궁녀와 나인들 입까지 막을 수는 없을 것이다.

'궁궐로 다시 돌아가야 돼.'

황후가 더 큰 곤욕을 치르기 전에 연수가 할 일은 너무나 분명했다.

옥새를 보자기에 싸서 장롱에 넣은 후 길수 어멈이 괴불주머니를 쓰다듬었다. 황후를 눈앞에 보듯 그 손길이 애틋했다.

"이 괴불주머니는 윤 나인이 만든 거겠죠? 황후마마도 곧잘 바느질을 하시긴 했지만 딱 보기에도 그분 솜씨는 아니네요. 황후마마께서 이 괴불주머니를 생일 선물로 택하신 이유를 조금은 알 것 같군요… 여, 여기 뭐가 있네요."

딴생각에 팔려 있던 연수는 길수 어멈의 말에 소스라치게 놀랐다. 헝겊 괴불 안에 꼬깃꼬깃 접힌 것이 들어 있었다. 길수 어멈이 조심스럽게 그걸 빼냈다. 언문으로 적은 황후의 편지였다.

훌쩍거리며 편지를 읽은 길수 어멈이 그걸 연수에게 건넸다. 빼곡하게 적힌 편지에는 두 사람에게 주는 당부의 말이 적혀 있었다. 길수 어멈에게는 보낸 옥새를 대들보 아래 묻고 편지는 바로 태우라는 부탁이, 연수에게는 사가를 나가는 즉시 기차를 타고 한성에서 가장 먼 곳으로 떠나라고, 또 괴불주머니에 달아 놓은 금붙이와 가락지는 그 비용으로 쓰라는 말이 쓰여 있었다. 그제야 연수는 자기가 황후에게 주었던 괴불주머니에 전에 없었던 가락지와 은화 여러 개가 매달린 이유를 알 듯했다. 이것을 매달면서 황후가 어떤 마음이었을지, 가슴이 먹먹했다.

부엌에서 편지를 태우고 들어온 길수 어멈은 괴불주머니에서 황후가 말한 가락지와 은화가 달린 괴불을 풀기 시작했다. 연수는 재바르게 길수 어멈의 손을 잡았다.

"놔두세요. 그 정도의 돈은 저도 있어요."

"급하게 나왔을 텐데 그런 거짓말을… 나중에 황후마마가 오늘 일을 물으면 내가 면목 없지 않겠어요?"

길수 어멈이 그렇게 말하는 데는 연수도 어쩌지 못했다. 연수는 길수 어멈이 건네주는 옥가락지와 은화 세 개를 건네받았다.

"친가에 들르기 전에 약 한 첩 사는 게 좋겠어요."

출궁을 자연스럽게 보이기 위해서라도 집에 들를 생각이었다. 이렇게 자신을 집으로 부르려고 어머니가 자주 꿈에 보였던 걸까? 연수는 괴불주머니를 만드는 일부터 오늘의 출궁까지 마치 잘 짜여진 연극 같았다.

한사코 뿌리치는 데도 길수 어멈은 연수 손에 돈을 쥐여 주었다. 황후도 그러길 원할 거라고 얼버무렸지만 연수는 길수 어멈의 마음이라고 여겼다.

엇갈린 길

연수의 발길이 아버지의 면주전으로 향했다. 궁궐로 돌아가면 다시 못 올 거라는 생각이 연수의 등을 밀었다.

종로 네거리를 중심으로 동으로 배오개, 서로는 북청교 자리, 남으로 구리개 일대, 북쪽으로는 견지동 일대까지 널찍하게 뻗쳐 있어 둘러보는 데만도 온종일 걸릴 정도로 '조선 만물상' 시전 거리의 영화는 이제 옛말이었다.

대부분의 전방들이 길거리 쪽으로 면해 있는 정면 앞 칸은 상품 진열장인 동시에 손님을 맞이하는 곳이고, 좁고 긴 통로를 따라 여러 개의 작은 방으로 나누어진 뒤 칸은 상품을 쌓아 두는 창고로 썼다. 십 년 전만 해도 시전에는 이런 전방이 삼천 개나 즐비하게 늘어서 있었다.

오가는 사람들 틈에 서서 연수는 면주전을 오랫동안 보았다.

'우리 딸 왔으니 국밥이라도 한 그릇 대접해야지.'

금방이라도 아버지가 뛰쳐나올 듯싶었다. 더없이 다정했던 아버지를 떠올리자 연수는 저도 모르게 눈두덩이 움찔했다. 지하에 계신 아버지도 안주수를 지키려고 궁녀가 된 걸 아시면 잘했다, 고생했다 그럴 것만 같았다.

연수는 한약을 지으러 약방 안으로 들어섰다. 연수를 흘끔거리던 의원이 내내 고개를 갸웃거렸다.

"혹시 면주전 여식 아니우?"

연수는 이미 들킨 걸 어쩌랴 싶어 쓰개치마를 벗었다.

"네. 그간 안녕하셨어요?"

"궁녀가 됐다는 말은 들었다만…. 아버지 그렇게 돌아가신 후에는 통 그 집 식구들을 못 보겠던데."

의원이 혼잣말처럼 구시렁거리는 사이 연수는 내내 문쪽에 신경을 곤두세웠다. 연수는 약값을 내밀었지만 의원은 아버지한테 빚진 게 많다며 받지 않았다.

시장 골목을 막 벗어나려는데 군인 둘이 연수 쪽으로 다가왔다.

설마 옥인동에서부터 쫓아온 걸까? 몇 번이나 확인했는데 어디에서부터 마음이 느슨해졌던 걸까? 괜한 의심을 살 것 같아 연수는 느리게 걸음을 옮겼다. 그래도 불룩대는 가슴은 좀체 가라앉지 않았다.

"집에 있어야 할 시간에 네가 여기 왜 온 거야?"

검은 그림자가 다가서는가 싶더니 연수의 팔목을 힘껏 그러쥐었다. 지완이었다. 헛것이라도 본 걸까? 연수는 말도 나오지 않았다. 굳은 얼굴로 지완이 연수를 끌고 골목 안으로 들어갔다.

"그러는 오라버니는 여기 왜 있는데. 설마 내내 뒤를 밟고 있었던 거야?"

연수는 의외의 장소에서 지완과 부딪치자 신경이 곤두섰다. 졸인 마음이 엉뚱한 데서 터졌다.

"네가 왜 여기에 있지? 왜, 여기에…"

"혹시 오라버니가 그걸 궁내부에서 빼낸 거야?"

연수는 차마 옥새라는 말을 입에 올릴 수 없었다. 당황하는 기색이 역력한 지완의 얼굴이 모든 걸 다 얘기했다.

"그걸 어떻게 네가 알지? 황후마마만 아는 일인데."

"내 눈으로 봤으니까."

전후 사정이야 어찌 됐든 궁 밖으로 옥새를 빼돌리는 데 지완이 관여되어 있다는 사실에 정신이 아득해졌다.

"그럼 황후의 사가로 보낸 선물 보따리 안에 그게 들어 있었던 거야?"

대답도 하기 전에 지완이 주먹으로 담벼락을 쳤다. 벌건 피가 번지는 지완의 손을 보고 연수의 입에서 비명이 터져 나왔다. 연수가 다가서려 하자 지완이 다른 손으로 연수를 막았다.

"후환이 없게 없앨 줄 알았더니, 그걸 궁 밖으로 내보내다니 어이 없군."

황후에 대한 원망인지, 뜻한 대로 일이 풀리지 않아서인지 지완의 얼굴은 무섭게 일그러졌다. 다친 손 따윈 아랑곳없다는 투였다.

"황후마마께서는 옛날 집이 가장 안전하다고 생각하셨을 거야. 그러니까 동생 분 선물을 보내는 참에 함께 보내신 거고. 그런데 옥새를 왜 빼돌린 거야? 왕실에 무슨 일이 벌어진 건데? 오라버니는 그걸 어떻게 알고…?"

연수의 다그침에 지완의 눈에 핏발이 섰다. 마른기침을 몇 번 쏟아 낸 후에야 지완이 간신히 입을 열었다.

"곧 한일병합 조인식이 있을 거야. 이완용, 송병준을 앞세워 통감부가 강제로 조선을 일본에 통합시킨다는 조약…"

강제, 통합 그런 말에 치마 끝자락을 부여잡은 연수의 손바닥에 흥건히 땀이 배어났다.

"그게 말이 돼? 어떻게 한 나라를 몇몇 사람들의 협잡으로 무너뜨릴 수 있는 거야? 황후마마도 그걸 알고 있어? 그런 엄청난 일을 오라버니는 어떻게 알게 된 건데?"

격앙된 심정만큼이나 연수의 목소리가 흔들렸다.

"총리대신을 따라 통감부에 갔다가 들었어. 전국에 주둔했던 일본군들이 지금쯤 한양으로 올라오고 있을 거야."

몇 시간 전 들었던 군졸들의 말이 연수의 머릿속을 헤집었다.

"왕실도 일본 천황의 황족으로 격하시킨다고 하더라고. 대신들이 그렇게 해야 황제를 설득할 수 있을 거라고 통감부와 입을 맞춘 모양이야."

"말도 안 돼. 결국 조선이 일본 손아귀에 들어간다는 거잖아. 황후마마는 맥없이 그러자 하실 분이 아냐."

연수의 목소리가 점점 기어들어 갔다. 황후는 고작 열일곱 살이었다. 병약한 황제 역시 대신들의 악다구니 속에 휘둘려 왔다. 그들이 이런 환란을 온전히 버텨 낼 수 있을지 자신할 수 없었다.

"말로 반대한다, 조선은 조선 사람들의 나라라고 아무리 우겨도 총칼 앞에서는 황제도 황후도 어쩔 수 없을 테지만, 영길리나 노서아 같은 서양 열강들이 지켜보니까 그런 식으로 하지 못할 거야. 정식으로 합병 조서를 내밀 거야. 그렇게 되면…"

지완이 무슨 말을 하려는 건지 연수는 그제야 앞뒤 상황이 머릿속에 그려졌다.

"그래서 황후마마께 옥새를 가져다준 거야? 옥새가 없어지면 병합 조인식은 무효가 될 테니까?"

지완은 아무 대답도 하지 않았다. 지완이 자기를 궁궐에서 구하기 위해 황후와 어떤 거래를 했을지 듣지 않아도 알 것 같았다. 지완은 옥새를 황후에게 주고 연수를 궁궐에서 빼내려고 한 거였다.

"난 그걸 사가로 빼낼 거라고는 생각도 못했어. 일이 꼬이긴 했어도 넌 궁에 들어갈 필요가 없어. 무슨 수를 써서라도 통감부는 병

합을 밀어부칠 테고 대신들까지 통감부 편에 섰으니 황제도 황후
도 어쩌지 못할 거야. 통감은 조선 들어오기 전에 이미 일본 천황에
게 모든 권한을 위임받았다고 하니까."

연수는 지완의 형형한 눈빛을 받아 내기 힘들었다. 황후의 떨리
던 목소리부터 박 상궁의 눈물까지 고스란히 되살아났다.

"난 돌아가야 돼. 마마를 위험에 빠뜨리게 할 수 없어. 나라도 마
마 곁을 지켜야 해."

"이렇게 널 위험에 빠뜨린 황후인데도 돌아간다고?"

"우린 동무니까…."

"뭐 동무라고? 황후도 너랑 같은 마음일 거라고 믿는 거야? 황후
한테 넌 그냥 수십 명의 궁녀 중 한 명일 뿐이라고."

이마에 힘줄까지 내비칠 정도로 흥분해서인지 지완이의 몸이 쿨
렁거렸다. 연수는 지완의 모진 말을 모두 들어 주었다. 지완이 왜
그러는지, 연수를 위해 얼마나 위험한 짓을 벌였는지 다 아는 터라
그 정도는 당연하다 여겼다.

"그분께서 어떻게 생각하든 상관없어. 난 궁궐로 돌아갈 테니 오
라버니도 잡히기 전에 몸을 피해. 사가에서도 호위대를 봤어. 옥새
가 없어진 걸 알면 궁궐이 발칵 뒤집힐 거고 제일 먼저 위험해지는
사람은 황후마마와 오라버니야. 나를 위해 오라버니가 무슨 일까지
했는지 알지만 난 돌아가야 돼."

연수가 눈길을 피하며 야멸차게 말했다. 볼에 닿는 지완의 입김

이 화롯불처럼 후끈했다. 앞으로 벌어질 일이 연수도 두렵고 무서웠다. 앞으로 자신이 겪을 일이 생각보다 훨씬 더 참혹할지 모르지만 도망칠 수는 없었다. 자기 대신 평범한 여자의 삶을 살아가 주길 바란다면서 정작 눈은 울고 있던 황후의 모습이 자꾸 눈앞에 어른거렸다.

"지금은 황후 걱정할 때가 아냐. 난 어떻게든 한양을 빠져나갈 수 있어. 잊지 마, 넌 옥새와는 아무 상관없는 거야. 옥새를 빼낸 것도 그걸 황후에게 갖다 바친 것도 다 내가 한 일이야. 그러니까 집으로 돌아가. 오라버니로서 하는 마지막 부탁이다. 제발, 연수야."

지완은 거의 울 듯한 얼굴이었다. 연수가 그러지 않겠다고 하면 같이 죽자고 덤빌 기세였다. 지완을 말려야 하는데, 마음뿐이었다. 연수의 팔을 잡은 지완의 손목이 풀리는가 싶더니 지완이 짚단처럼 무너졌다.

"지완이, 자네 왜 이러나?"

한 사내가 불쑥 뛰어들었다. 지완의 팔을 끌어올리던 사내와 눈이 마주쳤다. 아침에 연수에게 전차표를 주었던 바로 그 사람이었다.

"처자도 참 대단합니다. 처자를 궁에서 빼내겠다며 이 친구가 무슨 짓까지 한지 알면서도 이러는 거요?"

사내는 조소 섞인 얼굴로 연수를 노려보았다. 연수는 아무 대거리도 할 수 없었다. 지완의 무너진 어깨만 자꾸 마음에 쓰였다.

"내가 뭐라고 했는가? 겨우 이 꼴 보자고 아침부터 전차장에서 기다렸던 건가? 내 살다 자네처럼 미련한 사람은 처음일세."

아침의 전차표도 지완이 마련한 것이었다니. 어쩌면 궁에서 나올 때부터 내내 연수의 뒤를 쫓았을지도 몰랐다. 지완이 미동도 않자 사내의 말투는 더욱 거칠어졌다.

"그냥 일본으로 떠나라니까. 그 누구더라, 난, 난경이라고 그랬나? 통감부에 줄이 닿을 정도면 그 아비의 위세도 대단할 테고, 뻔질나게 들락거리는 걸 보면 그 처자도 자네라면 목숨이라도 내놓을 모양이던데. 사내란 그런 여자랑 사는 게 마음 편한 법이야. 나이 조금 더 먹은 인생 선배로서 얘기해 주는 거니까 귀담아 들으라고."

"그만하세요, 그만하라구요."

지완이 사내의 멱살을 거머쥐며 소리 질렀다.

"자네 고집도 어지간하네. 그래서 이제 어쩌려고?"

걱정인지 빈정거림인지 사내는 입을 비틀었다.

"형님은 이 일과는 아무 상관없습니다. 곤조가 다그쳐도 무조건 모르는 일이라고, 만난 적도 없다고 잡아떼셔야 합니다. 형님까지 곤란하게 만들고 싶지 않습니다."

지완의 목소리는 어지러운 발소리에 묻혔다. 연수는 골목 끝에서 총검을 앞세우고 달려오는 군인들을 보았다. 벌써 통감부에서 알아챈 것일까? 연수의 가슴이 뛰다못해 터져 버릴 것 같았다. 목을 옥죄는 공포가 몸을 휩쓸었다.

"날 찾는 자들일 겁니다. 마지막으로 연수를 부탁합니다."

지완이 사내의 몸을 냅다 떠밀었다. 사내가 당황해서 정신을 못 차리는 사이 지완은 골목 밖으로 뛰쳐나갔다. 연수와 사내는 멍한 얼굴로 한참 서 있었다.

"우선 나랑 같이 갑시다. 먼저 저 사람들을 따돌린 후에 처자는 집으로 돌아가시오. 나도 빨리 들어가 자리를 지키고 있어야겠소. 그게 지완에게 도움이 될 것 같으니."

사내가 연수를 일으켜세우며 다급하게 말했다.

"제 걱정은 마세요. 제가 저들을 따돌릴 테니 어서 몸을 피하세요."

"그게 무슨 말이요? 이렇게 되면 내 체면이 뭐가 되겠소?"

"왜 수방나인과 함께 있냐고 그러면 뭐라고 하시려고요? 저 사람들이 지완 오라버니의 뒤만 쫓겠어요? 저한테는 집에 가는 구실이 될 약첩도 있어요."

연수가 약첩을 들어 보이자 사내의 얼굴에서 곤혹스러운 표정이 지워졌다. 어느새 군인들이 한달음에 달려올 거리에까지 와 있었기 때문이었다.

연수는 곧장 용두리 쪽으로 걸음을 옮겼다. 다른 생각이 끼어들 틈을 주지 않으려고 부지런히 걸었다. 뒤를 쫓던 발소리가 들리지 않자 졸인 가슴도 가라앉았다. 황후도 지완도 걱정됐지만 당장 돌아가는 게 더 위험할 거라는 생각이었다. 최대한 자연스럽게 굴자 스스로를 다독였다. 오랜만에 친정 어미를 찾아가는 딸처럼. 갑작스런 딸의 방문에 어머니는 어떤 얼굴을 하실까? 걱정과 설렘이 뒤섞인 복잡한 마음은 집 앞에서 깨졌다.

"이제 오는 거유?"

뛰쳐나온 난경을 보자 연수는 소스라치다 못해 까무러칠 지경이었다. 아래위를 훑어보는 난경의 눈길이 곱지 않았다.

"여긴 무슨 일로 왔어?"

연수는 놀란 기색 없이 침착한 말투로 되물었다.

"얼굴 보니 뭔 일이 있었나 보네? 오라버니랑 눈물의 이별이라도 하고 왔나 봐."

난경은 입꼬리를 치켜 올리며 비아냥댔다.

"역시 내 짐작이 맞았어. 여기 오면 오라버니를 잡을 수 있을 것 같았거든. 여자 하나 구하겠다고 이런 짓까지 벌이다니 세상에 그런 똥멍청이가 따로 없다니까."

"…."

"내가 여기 혼자 왔을 것 같아? 그럼 나중에 보자고. 그게 수방일지, 감옥일지 모르지만."

끝까지 연수를 조롱하고는 난경은 손까지 흔들었다. 혼자 오지 않았다면 누구랑 같이 온 걸까? 그때 골목에서 군졸 몇이 후다닥 튀어나왔다.

"네가 아침에 출궁한 수방나인 맞나?"

대장으로 보이는 듯한 남자가 사나운 얼굴빛으로 을러 댔다.

"왜 그러세요?"

연수가 떨리는 목소리로 되물었다. 바깥의 소란을 들었는지 대문 안에서 누군가 뛰어나왔다. 병수였다.

"누이, 아무 기별도 없이 어떻게…. 혹시 어머님이 편찮으시다는 소식이라도 들은 거야?"

병수 말이 끝나기도 전에 군졸들이 연수를 둘러쌌다. 대장의 눈짓에 군졸 하나가 달려들어 연수의 팔을 뒤로 묶었다. 거친 포승줄이 손목을 파고들었다. 연수는 손목이 잘릴 듯한 고통보나 동생의 말이 더 아팠다.

"무슨 일이야? 저 사람들이 왜 누이를…?"

병수가 한참이나 뒤쫓아 왔다.

"병수야, 어머니한테는 아무 말도 마. 알았지?"

병수의 울음소리가 오랫동안 연수의 귀에 쟁쟁했다.

환궁

　형틀 주위에는 검붉은 불길이 이글거리고 있었다. 한여름의 열기가 더해져 땀이 목을 타고 흘러내렸다. 황후가 내명부의 일이니 내전 안에서 해결하겠다고 우겨서 만들어진 국문이었다. 통감부도 자신들의 목적을 이룬 터라 조용히 넘어가기를 바랐다. 당연히 감찰상궁도 김 상궁도 보이지 않았다. 왜식 군복을 차려 입은 형졸들이 연수를 끌고 와 흙바닥에 패대기를 쳤다.
　"죄인을 형틀에 묶어라."
　형졸들이 기다렸다는 듯 연수를 형틀 위에 앉혔다. 숨도 쉴 수 없는 공포가 송곳처럼 온몸을 찔렀다.
　"바른대로 말하지 않으면 죽음도 각오해야 할 거다. 그래, 부원군 댁에는 뭣 하러 갔지?"

경성재판소에서 나왔다는 일본인 검사가 핏대를 세웠다.

"심부름을 다녀왔습니다."

연수는 오금이 저릴 만큼 겁이 났다. 당당해야 한다고 아무리 마음을 먹어도 떨리는 목소리는 어쩔 수 없었다.

"무슨 심부름이냐?"

"부원군 댁에 선물을 전해 드리려 했습니다."

검사는 서슬이 퍼랬다. 연수는 그것이 황후의 여동생에게 전하는 것이라는 말도 아꼈다.

"그 선물이라는 게 무엇이냐?"

"괴불주머니였습니다."

연수는 안에 옥새가 들어 있었다는 말은 절대 하지 말자고 다짐하고 또 다짐했다. 황후가 목숨을 걸고 옥새를 지키려고 했다는 것을 잘 알고 있었기 때문이었다.

"정녕 그것뿐이냐?"

"네. 그것뿐이었습니다."

연수는 말끝에 잔뜩 힘을 주었다.

"진정 괴불주머니밖에 없었다, 그 말을 믿으라고?"

검사는 험악한 얼굴을 연수 앞으로 바짝 들이밀었다. 구린 입 냄새가 훅 끼쳤다.

"어차피 무슨 말을 해도 믿지 않을 작정이지 않습니까?"

연수는 입술을 깨물었다. 검사의 입에서 피식 헛웃음이 새어

나왔다.

"이미 그 안에 옥새가 들어 있었다는 게 밝혀졌는데도 계속 거짓말하는 걸 보니 말로 해서는 안 되겠군. 바른 말 할 때까지 본때를 보여 줘라."

곤장이 떨어질 때마다 연수의 입에서는 신음소리가 터져 나왔다. 눈앞이 깜깜해지고 볼기에서 피가 튀었다. 몇 번을 혼절하고 깨어나기를 반복했다. 그러나 연수의 입은 자물쇠처럼 굳게 닫혀 있었다. 까무룩 꺼져 가는 의식 속에서도 절대 입을 열지 않아야 한다는 생각만 머리에 가득했다. 자신이 입을 여는 순간 황후에게 감당할 수 없는 일이 벌어질 것이다. 이미 자기들이 원하는 것을 얻었으니 누가 옥새를 빼돌렸는지 따윈 관심도 없겠지만 그게 황후가 벌인 일이라면 절대로 넘어갈 일이 아니었다. 그냥 버티면 모든 것이 지나갈 것이다. 그 와중에도 연수는 지완이 무사한지 걱정돼 머릿속이 뒤엉켰다. 호위대 대장도 별말 없는 걸 보면 무사히 한양을 빠져나갔을 거라 믿고 싶었다.

이틀이 지나도 연수가 입을 열지 않자, 박 상궁이 끌려왔다. 정신이 꺼져 가는 순간에도 연수는 귀를 찢는 비명소리를 들었다. 매질이 얼마나 지독한지 알기에 연수의 몸이 덩달아 움찔했다.

새벽녘에서야 간신히 정신을 차린 연수는 옆에 쓰러져 있는 박 상궁을 발견했다.

"상궁마마님, 정신이 드세요. 저 연수예요."

신음소리를 삼키며 연수는 박 상궁의 몸을 흔들었다. 한참 후에야 박 상궁이 간신히 눈을 떴다.

"네가 살아 있어 얼마나 고마운지 모르겠구나. 황후마마께서도 이 사실을 알면 마음을 놓으실 텐데. 황후마마도 나도 모두 네가 그 남자를 따라 먼 데로 간 줄 알았다. 무슨 생각으로 다시 돌아왔느냐? 어찌 그리 무모하냐?"

박 상궁의 볼 위로 눈물이 흘러내렸다. 연수는 피 얼룩으로 물든 소매로 박 상궁의 눈자위를 훔쳤다.

"제가 도망치면 황후마마께서 더 큰 곤혹을 치를 것 같아서요. 황후마마는 강건하세요?"

"네 처지에 지금 누굴 걱정하느냐? 아무리 나라가 일본 손아귀에 들어갔다 해도 여전히 조선의 황후이신데…"

박 상궁은 얼굴을 일그러뜨리며 간신히 말을 이어 나갔다.

"합병 조인식은 어떻게 됐어요?"

연수는 떨리는 가슴을 누르며 내내 궁금했던 그 말을 조심스럽게 꺼냈다.

억이 막히는지 박 상궁은 한참 입을 열지 못했다.

"그럼 옥새도 찍으셨어요? 오라버니 말로는 그걸 찍으면 공식적인 합병이 이루어져 조선이 일본의 속국이 되는 거라고 했는데…"

연수는 자신이 다치더라도 황후의 심부름이 헛일로 끝나지 않

기를 바랐다. 황후가 어떤 마음으로 그 일을 부탁했을지 너무나
잘 알기에 더 그랬다.

"궁내부에서 보관하던 옥새가 없어져서 한바탕 난리가 났었지.
널 쫓던 호위대가 부원군 댁 행랑어멈의 방에서 옥새를 찾았다는
걸 알고 황후마마께서 하루 종일 우셨다는데…"

연수는 머릿속이 새하얘지고 가슴이 무너졌다. 박 상궁은 입술
을 깨물며 울음을 삼켰다.

"다음 날 대신들의 겁박으로 흥복헌에서 어전회의가 있었는데,
병풍 뒤에 숨어 지켜보시던 황후마마께서 옥새를 치마폭에 감췄
다는구나. 대신들이 어쩔 줄 몰라 쩔쩔매는 사이 윤덕영 시종원
경이 나서서 황후에게서 옥새를 빼앗았지. 황제께서도 합병을 인
정할 수 없다 버티자 어차피 형식적인 거라며 대신들이 옥새 대
신 결재용 어새를 찍었다는구나. 그 상황에서도 황제는 마지막까
지 서명을 하지 않으셨다고 하더라. 옥새 날인도 서명도 없는 엉
터리 조약인데도 결국 일이 이렇게 되고 말았구나. 그래도 연수
야, 네 할 일은 다했구나. 장하다."

"어떻게 제가 거기 간 걸 일인들이 알았을까요? 벌써 호위대가
황후마마의 사가도, 우리 집도 지키고 있었어요."

재택에 가서야 옥새가 빼돌려진 걸 알았는데, 지완과 황후 말
고 누가 알고 있었을까? 연수는 매질의 고통보다 그것이 더 궁금
했다.

"김 역관이 네 방에서 무슨 편지를 찾았다더라."

연수는 뒤통수를 쇠망치로 맞는 듯했다. 반닫이 안에 숨겨진 지완의 편지, 그것까지는 생각도 하지 못했다. 그제야 연수는 난경이가 용두리 집에 나타난 것도, 호위대가 지완과 자신의 뒤를 쫓은 것도 다 이해가 되었다.

날이 밝자 매질이 다시 시작되었다. 연수는 몇 번이고 정신을 잃었다. 차라리 혀를 깨물고 자진하겠다고 하자 채찍을 내리치던 형졸은 '독한 년!'이라며 혀를 내둘렀다.

세찬 물줄기가 몸 위로 쏟아졌다. 연수는 가물거리는 정신을 놓치지 않으려고 안간힘을 썼다.

"연놈이 같이 형틀에서 매여 있는 것도 과히 볼만하구나."

연놈이라니? 연수는 간신히 고개를 들어 옆의 형틀을 보았다. 고개를 떨군 지완이 보였다. 옷 앞자락에는 엉겨 붙은 핏덩이들이 말라붙어 있었다. 형틀에 축 늘어진 지완은 이 세상 사람이 아닌 듯했다. 연수의 볼을 타고 눈물이 흘렀다. 참으려고 이를 악물어도 좀체 눈물은 그치지 않았다. 소스라치게 놀라 연수는 눈을 떴다. 꿈이었다.

연수는 꿈에서 본 지완의 모습이 지워지지 않았다. 지완이 붙잡힌 걸까? 편지는 누구 손에 있을까? 김 역관이 지완을 의심해 뒤를 캤던 건 아닐까? 오만가지 생각들로 머릿속이 뒤엉켰다.

"이봐, 누가 널 보러 왔으니 정신 차려라."

창살에 바짝 붙어서며 옥쇄장이 있는 대로 목소리를 낮췄다. 어머니가 찾아오신 걸까? 남편을 앞세웠고 이젠 딸까지 옥에 갇힌 것을 보면 쓰러질 텐데.

옥쇄장은 연수가 고개를 드는 것을 확인하고는 잽싸게 사라졌다.

자박자박 걸어오는 분홍 치맛자락이 희미하게 보였다.

"어머, 귀신이라도 본 얼굴이네."

난경을 보자 홍두깨로 맞은 듯 확 정신이 깨어났다. 어떻게 여기까지 온 걸까? 난경의 번들거리는 눈빛이 닿자 몸이 저렸다.

"아, 지완 오라버니도 여기 있다면 네 심정이 어떨까? 정말 궁금하네."

창살을 잡고 난경이 있는 대로 이죽거렸다. 꿈이길 바랐는데, 연수는 천 길 낭떠러지로 떨어지는 기분이었다.

"지, 지완 오라버니는 괜찮아…."

연수는 혀로 해진 입술을 핥았다. 비릿한 피 냄새가 입안에 돌았다.

"네 방에서 아주 대단한 연서가 발견되었다지? 나한테 일본에 가자, 곧바로 혼례를 치르자 꼬드긴 게 널 빼내려는 수작이었다는 걸 생각하면 속이 뒤집어질 것 같아."

난경은 손을 까딱대며 손부채질을 했다. 간신히 정신을 추스린 연수는 벽에 몸을 기댄 채 난경을 물끄러미 쳐다보았다. 찢긴 눈두덩이 다시 욱신거렸다.

"그럼 지완 오라버니를 밀고한 게 너야?"

연수는 있는 힘을 다해 말을 쏟아 냈다. 난경은 창살을 잡았던 손을 떼어 냈다.

"궁 밖에 있는 내가 그걸 어찌 알아. 윤 나인은 사람을 너무 믿는 게 탈이야. 늘 믿는 사람한테 발등을 찍히는 법이거든."

난경이 입술을 비틀며 히죽 웃었다. 같은 방을 쓰는 데다 지완을 만나는 것을 알고 있는 유일한 사람, 천이였다. 믿고 싶지 않았다. 그사이 천이와는 티격태격하는 날보다는 좋았던 날이 더 많았다.

"천이가 그럴 리 없어."

"어머, 난 천이라고 한 적 없는데."

난경은 창살에 얼굴을 잔뜩 들이밀고 빈정거렸다. 그 사람이 천이든 다른 나인이든 아니면 박 상궁이든 황후든 이제 그게 무슨 상관이랴 싶었다. 자기 때문에 지완을 사지로 몰아넣을 수 없다는 생각만 했다.

"편지는 이번 일과는 아무 상관없어. 그러니 오라버니만은 무사할 수 있게 도와줘. 너도 오라버니가 그렇게 되는 걸 원하지 않을 거잖아?"

연수는 남은 마지막 힘까지 다 짜냈다. 지완을 구할 수 있다면 무릎라도 꿇을 작정이었다.

"그, 고집불통을 누가 말려. 나랑 같이 일본으로 떠난다면 아버지가 힘써 주겠다는데 꼼짝도 안 해."

"한 번 말해서 안 되면 두 번 찾아가고, 그래도 안 되면 세 번 찾아가고…. 안주 할아버지를 생각하라고. 제발 꼭 그렇게 해 줘."

연수는 자기 때문에 목숨까지 함부로 버릴 생각은 하지 말라, 그 말을 입에 올릴 수 없었다. 그런 말로 난경의 꼬부라진 마음을 자극할 필요는 없었다.

"이건 알고 있어? 황후를 죽일 수 없으니 대신 윤 나인을 희생양으로 삼았다는 걸."

연수는 도끼눈을 하고 난경을 쳐다보았다. 옥새를 황후가 빼돌렸다는 게 밝혀져도 대신들과 통감부에서도 합병 공표 전까지 어떤 물의도 일으키고 싶지 않을 것이다. 아무리 망한 나라의 황후이지만 괜히 들쑤셔 조선 사람들의 분노를 살 일을 만들고 싶지 않겠지. 연수는 지완과 황후의 무사만을 빌고 또 빌었다.

창살 사이로 햇살이 들어왔다. 연수는 짚더미 위에서 간신히 몸을 일으켰다. 입안은 까칠했고 불에 덴 듯 목이 탔다. 피비린내에 파리들이 달려드는 것을 한 손으로 쫓으며 연수는 자신의 손끝을 만져 보았다. 고통을 참느라 얼마나 용을 썼던지 손톱 밑이 까맣게 죽어 있었다. 까끌까끌한 손끝이 느껴졌다. 몸은 까딱할 기운도 없었지만 손끝의 감촉은 여전했다.

"바늘은 잡을 수 있겠구나."

그나마 다행이었다. 계속 수를 놓을 수만 있다면 이런 곤욕은 얼마든지 견뎌 낼 수 있었다. 하루가 십 년 세월처럼 지루하고 힘겨웠다.

"나가거라."

영문도 모르는 연수는 밖으로 내쳐졌다. 밖에서 서성대던 천이가 연수에게 달려들었다.

"어디 상한 데는 없는 거지? 그지?"

죄인처럼 울먹이는 천이를 보자 연수는 희미하게 웃었다.

"나도 어쩔 수 없었어. 안 그러면 당장 내쫓을 거라는 데 어떡해. 미안해, 정말 미안해."

천이는 연수를 야단스럽게 끌어안았다.

다시 안주로

　연수는 수방으로 돌아갈 수 없었다. 한일병합 이후 수방의 나인들은 뿔뿔이 흩어졌고 연수는 황후와 지완의 소식을 듣지 못했다. 연수는 지완이 어디에 있든 인연이 닿으면 다시 만날 수 있을 거라고 믿었다.

　궁궐에서 쫓겨난 연수가 평양에 눌러앉은 게 지난 늦가을이었다. 한성의 식구들에게도, 안주 옛집으로도 돌아갈 수 없는 처지라 연수는 지완의 무사만 확인할 수 있다면 어디든 괜찮았다. 그렇게 발길 닿은 곳이 평양이었다.

　여관비를 몸으로 때우겠다고 하자 여관 주인은 두툼한 목화솜과 이불홑청을 들이밀었다. 겨울 이불을 다 만들고 나서 연수는 미안하고 고마운 마음에 누비버선을 한 켤레 지었다.

봄꽃과 나비가 수놓인 버선을 보고 여관 주인은 조심스럽게 자수방을 내보라고 권했다. 평양에서 보내야 하는 시간이 길어질지도 모르고 자수를 다시 할 수 있는 기회다 싶어 조금도 망설이지 않고 그러겠다고 했다. 가까이 기생학교도 있으니 일감 걱정할 일도 없을 테고 기다리는 사람이 안주 사람이라니 한 번은 꼭 지나갈 거라며 이곳에 새 터전을 마련하라는 여관 주인의 제안이 반갑다 못해 고맙기까지 했다.

섣달에 접어들면서 연수는 한동안 바늘을 잡을 수 없었다. 뼛속까지 스며드는 찬 바람이 벼린 칼처럼 무릎뼈를 쑤셔 대는 바람에 잊고 있던 기억을 일깨웠다. 며칠 밤을 눈 한 번 부치지 못하고 방바닥을 설설 길 만큼 통증은 유난스러웠다.

간신히 몸을 추슬러 바늘을 쥐었지만 번번이 바늘을 놓쳤다. 상처가 덧난 손끝은 부드러운 천에 닿아도 신경을 긁듯 쓰라렸다. 그때마다 연수는 작은 통증은 더 큰 통증으로 가라앉히라는 말을 떠올리고 가위의 무딘 날로 장딴지를 힘껏 눌렀다.

"찾는 그분이 어제도 열차를 안 탄 것 같다고 어머니가 전하랬어요."

방문이 빼꼼 열리며 분이가 재빠르게 말했다. 오늘 아니면 내일 언젠가 마음이 닿으면 오겠지. 헛된 꿈인 줄 알면서도 연수는 기다리고 또 기다렸다. 어색하게 웃는 연수에게 까딱 고개만 까닥하고는 분이는 건넌방으로 뛰어갔다. 열린 문틈으로 재잘거리는 아이들의 말소리가 들려왔다. 연수에게 안주수를 배우겠다며 몰려든 아이들이었다.

연수는 두세 번 뒤땀을 뜨고 실을 올려 가위로 바짝 잘랐다. 달포 전 동성여관 주인이 부탁한 베갯모였다. 평양에서 하룻밤 묵고 다시 안주로, 남포로 떠나는 상꾼들이 들고나면서 동성여관 주인은 토방을 헐어 내고 새 방을 몇 칸 더 들였다. 따뜻하고 안락한 잠자리는 베갯모부터 시작되는 거 아니냐며 여관 안주인은 장날 전까지 받게 해 달라며 신신당부했다.

분이가 다시 문을 열고 아이들이 다 모였다고 전했다. 연수는 완성한 베갯모를 보자기에 쌌다. 방문을 나서니 황소바람이 몸을 휘감았다. 마당 한 켠에 서 있는 매화가 눈에 들어왔다. 겨울이 깊어지면 매화는 하얗게 꽃을 피우겠지. 돌보지 않은 집인 데다 겨울엔 춥고 여름엔 더울 거라며 집주름이 다시 생각해 보라고 했지만 이 낡은 초가를 고집한 것도 순전히 매화나무 때문이었다.

멀리 기적소리가 들렸다. 연수는 궁궐도, 용두리도 아닌 평양에 있다는 사실이 여전히 믿기지 않았다.

'시간을 되돌려 다시 그해 여름이 온다면 똑같은 선택을 했을까?'

그런 생각이 들자 관자놀이가 지끈거렸다. 영문도 모른 채 엄청난 일에 휘말리고, 고문받고 쫓겨나는, 그 참혹하고 무서웠던

여름을 어떻게 견뎌 왔는지 아득했다.

밖이 왁자지껄하더니 〈안주수방〉 현판 아래 장옷을 두른 여인이 들어섰다. 김 상궁이었다.

'황후마마께서 나를 찾으셨구나.'

연수의 눈에 눈물이 그렁그렁 맺혔다. 한 번도 미워하지 않았다면 거짓말일 것이다. 그건 황후라는 사람에 대한 것이지, 친구인 증순에 대한 것은 아니었다.

"황후마마께서는 강녕하신지요?"

"그분께도 참으로 견디기 어려운 세월이지. 앞날이 창창한데 그 수모를 어떻게 참아 내실지…."

김 상궁의 낯빛이 흐려졌다. 조선과 일본이 합병되면서 오백 년을 이어 온 조선 왕조는 허울뿐인 유명무실한 왕조가 되었다. 황실의 모든 것이 통감부의 손아귀로 넘어갔다. 황제와 황후는 그 후로도 창덕궁에 머문다고 했다.

"한양의 네 일가붙이도 너 있는 곳을 모른다 해서 찾는 데 시간이 많이 걸렸다. 네 얼굴이 편안한 것을 보니 마음이 놓이는구나. 네 소식을 전하면 마마께서도 무척 기뻐하실 게다."

김 상궁의 얼굴에 안도의 기색이 완연했다.

"네 집안과 김 역관이 얽힌 복잡한 사연도 그 사람을 통해 황후마마도 알게 되셨다."

"그 사람이라니요?"

연수는 지완일 거라고 짐작하면서도 혹시나 하는 마음에 되물었다.

"지완이라 했던가? 박 상궁이 지완과 함께 있었다는 궁내부 주사를 데리고 황후를 뵈러 왔었단다. 그 사람도 지완이 어디 있는지 모르겠다 하고⋯."

지완의 마지막 모습을 떠올리자 코끝이 찡했다. 연수는 목구멍으로 올라오는 울음을 지그시 눌렀다.

"오라버니는 무사한 거죠?"

김 상궁은 잠시 뜸을 들인 후 그간의 사정을 이야기했다. 지완은 연수가 잡힌 후에 바로 남대문역 근처에서 붙잡혔다고 했다. 사가의 길수 어멈에게 한성에서 제일 먼곳으로 갔을 거라는 말을 듣고 기차를 탈 생각이었던 걸까? 지완이 황후의 국새 찬탈 사건과 연루되어 있다는 걸 알고 이완용 총리대신이 나서서 지완을 빼냈다고 했다. 부리는 사람이 자신의 일을 방해하는 데 앞장섰다는 게 알려지는 게 두려워서 그랬을 거라고 김 상궁은 짐작했다.

"그럼 지금 오라버니는 어디 있대요? 한성에 있나요?"

"김 역관도 어디로 갔는지 모르겠다고 했다만⋯"

그러면서 김 상궁은 주섬주섬 저고리 속에서 무언가를 꺼냈다.

"황후마마의 편지다. 아마 거기 그 사람 있는 데가 적혀 있을지도 모르겠구나."

연수는 떨리는 마음으로 편지를 펼쳤다. 황후는 고맙고 미안하다는 말끝에 지완이 곧 중국에서 돌아오면 고향으로 돌아갈 거라는 글귀가 적혀 있었다. 그 말은 지완이 안주로 돌아오겠다는 말이기도 했다.

연수는 스스로 강건해졌다는 믿음이 생길 때, 안주수를 지켜달라는 아버지의 유언에 떳떳해질 수 있을 때, 그때 안주로 돌아가리라 다짐했었다. 평양에 와서 처음 며칠은 혹시나 하는 마음에 지완을 수소문하고 다녔다. 지완과 비슷한 사람을 본 적 없다는 말을 들을 때마다 한편으로는 섭섭하고 또 한편으로는 다행이다 싶었다. 지완이 어디에서든 살아 있다는 말로 들렸기 때문이었다. 평양에 자리잡은 건 아무리 생각해도 잘한 일이다 싶었다. 황후의 편지를 보니 지완이 안주에 다시 돌아올 거라는 믿음이 더 굳건해졌다.

"그사이 도대체 어디에서 무엇을 하며 지냈느냐?"

"자수를 더 공부해야겠다는 생각에 여러 곳을 다녔습니다."

"자수공부라 했느냐?"

김 상궁의 의아한 눈빛을 보자 연수는 잠시 뜸을 들이다 입을 열었다.

"민수로 유명한 곳을 찾아다니면서 안주수를 지켜야겠다는 마음이 더 강해졌어요. 할아버지와 아버지가 제게 바라셨던 일이기도 하고요."

"참으로 장하다."

김 상궁은 연수의 손을 잡았다. 연수는 참 따뜻한 손이구나 싶었다. 이 손이 황후의 옆을 지켜 줄 거라는 생각을 하니 마음이 놓였다.

조만간 한성으로 찾아뵙겠다는 연수의 말을 듣고서야 김 상궁은 떠났다.

'내 마음 속 황후는 오직 한 분뿐이지. 다시 뵈면 진짜 동무처럼 지낼 수 있을까?'

김 상궁의 뒷모습을 바라보며 연수는 그런 생각을 오랫동안 했다.

여러 날이 흘렀다. 김 상궁이 다녀간 뒤 연수는 한결 마음이 편해졌다. 속 끓이지 않고 기다리기만 하면 된다는 생각이 들자 아침을 맞이하는 게 즐겁고 설레기까지 했다.

수방 문을 열자 아이들의 재잘거림은 뚝 그쳤다. 수틀 앞의 아이들이 연수를 말끄러미 쳐다보았다. 돈을 받지 않고 자수를 가르쳐 준다는 말에 십 리 길을 걸어오는 아이도 있었다.

"사람들이 아름다움을 칭찬할 때 흔히 '수를 놓은 듯하다'고 말하곤 하지. 수를 놓는다는 것은 아름다움을 만드는 거란다. 그 아름다움은 손끝에서 나오는 게 아니라 자수하는 사람의 마음에서부터 나오는 거지. 자수는 첫 마음을 끝까지 지켜 나가는 게 으뜸인 거다. 아무리 바깥바람이 거세고 서양 것들이 판을 치는 세상에서도 내 것을 지키겠다는 굳센 마음만 있으면 언젠가 아름다움

을 다시 꽃피울 때가 오는 법이지. 절대 포기하지 않고 온 마음을
다한다면 말이다."

연수는 아이들 얼굴 하나하나를 찬찬히 보았다. 창문을 넘은
햇살이 아이들의 얼굴을 환하게 비췄다.

'한참을 돌아왔지만 내가 있어야 할 곳은 안주였어. 곧 그 사람
도 돌아올 거야.'

연수는 담장 너머 가뭇하게 보이는 기차역을 오래도록 바라보
았다.

작가의 말
⠇

　이 이야기는 1910년 8월 22일, 창덕궁 흥복헌에서 있었던 순정효
황후의 옥새 찬탈 사건을 소재로 하고 있다. 당시 병풍 뒤에 숨어
있던 순종효황후는 이완용을 앞세운 친일파들이 순종에게 합병 조
서에 날인하라고 강요하자, 어전회의에 뛰어들어 치마 속에 옥새를
감췄다. 대신들이 쩔쩔매는 사이 큰아버지 윤덕영이 강제로 빼앗아
조서에 날인했고, 결국 한일병합이 이루어지게 된 것이 사건의 전
말이다.
　당시 일부 신문에 관련 기사가 실리기도 했지만, 여전히 사실 확
인이 애매한 야사로 취급받아 왔다. 하지만 그 일을 알게 되면서 나
는 망국의 후손으로 느꼈던 분노와 부끄러움이 해소되는 기분이었
다. 아무리 친일파의 협잡과 통감부의 압력이 있었다 해도 그렇게

쉽게 5백 년간 지켜 온 국권을 맥없이 일본 손아귀에 넘겨줬다는 게 도무지 믿기지 않았기 때문이었다.

그럼 그렇지. 강압적인 조약 체결의 부당함에 항거한 사람이 있었다는 안도감과 함께 순정효황후가 누구이며, 어떻게 그 일을 도모하게 됐을까 하는 궁금증이 생겼다. 그녀가 열일곱 살의 어린 황후라는 게 나를 사로잡았지만 막연히 어려도 황후이니까 그럴 수도 있겠지 하며 흘려 지나갔다.

시간이 한참 흐른 후에, 옥새 찬탈 사건 일주일 뒤인 8월 29일에 공식적으로 공포된 한일병합 조약 문서에는 통감부가 1907년 고종 황제의 강제 퇴위 때 빼앗아 가지고 있던 행정용 결재였던 어새勅命之寶가 찍혀 있고 '이척李拓'이라는 순종의 서명도 없었다는 것을 알게 되었다. 충격이었다. (그 후 이 한일병합 조약은 국가 간 조약에서 갖춰야 할 필수 조건을 갖추지 않은 불법적인 조약이라 원천적으로 무효이며 한일 관계는 식민 통치가 아니라 일본의 불법적인 강점이었다는 주장이 불거지게 되었다.)

다시 순정효황후가 떠올랐다. 왜 그녀는 치욕적인 역사의 현장을 숨어서 지켜봤을까? 무엇을 확인하러 어전회의에 갔을까? 그녀에게 국새가 날인되어야 합법적인 조약이 된다는 걸 알려 준 사람은 누굴까? 그날 국새가 아닌 결재용 어새가 찍혔다면 국새는 어디로 사라졌을까? 강압적인 한일병합을 막기 위해 누군가 황후를 도와 미리 국새를 빼돌리지 않았을까? 그 조력자는 통감부에 들락거려도 의심을 사지 않는 사람이어야 할 텐데…. 그런 궁금증들이 집요하게 나를 흔들었다. 그러니까 이 소설은 꼬리에 꼬리를 무는 궁금증이 만들어 낸 한일병합, 그 이면에 얽힌 이야기다.

그렇게 역사의 뒤안길에 숨겨진 이야기를 쫓기 시작했지만 결정적으로 이야기의 구멍을 메워 줄 누군가를 찾지 못해 한동안 초고 상태로 허송세월만 보내야 했다.

그러던 중 우연히 국립고궁박물관에서 하는 '궁중 자수 특별전'에 가게 되었다. 그중 열 폭 병풍 '매화도'가 수많은 자수 병풍 중에 유독 내 눈을 끌었다. 멀리서 보면 동양화라 해도 손색없을 만큼 훌륭한데 자수품이라는 게 믿기지 않았다. 해설사가 '매화도'는 중국에 수출하고 왕실에서 주문 생산을 의뢰받을 만큼 오랫동안 민간 자수를 대표하던 안주수방에서 제작했고, 수를 놓은 사람은 남자 궁수들이라고 했다. 남자들이 수를 놓았다고? 신선한 충격이었다.

황후의 옥새 찬탈을 가능하게 만드는 중요한 매개체로 안주수를 설정하고, 조선 상권을 뒤흔든 일본 제국주의의 경제적 침략과 물밀 듯 들어오는 서양 문물에 맞서 전통 자수를 지키려 스스로 수방나인이 된 주인공을 만들었다. 맥없이 떠나보낸 연인을 환란 속에서 구하려는 한 청년과 황후가 조우하고 합일병합의 소용돌이에 휘말리게 되는 이야기로 모양새를 갖추게 되었다.

여기까지가 순정효황후가 열혈청년 지완과 수방나인 연수의 협력 하에 국새를 빼돌리게 되는 이야기로 탄생되는 과정이다. 어쩌면 별로 궁금해하지 않을 이야기를 이렇게 길게 설명하는 이유는 이 이야기가 역사적 사건을 씨실로 해서 작가적 상상력이라는 날실로 직조해 창작해 낸 소설이라는 것이다.

허구가 아닌 것은 순정효황후의 옥새 찬탈 사건과 '안주수'라는 소재밖에 없다. 나머지 부분은 당시의 사회정치적 상황, 한성의 여러 시장과 상인들, 수방나인들을 포함한 궁궐 사람들의 일상, 통감부의 온갖 횡포와 핍박 등과 관련해 곳곳에 흩어져 있는 자료들을 모아 마치 수를 놓듯 이야기를 완성해 나갔다.

순정효황후를 영웅으로 만들 생각도, 친일파들의 악행과 일본 제국주의의 몰염치를 고발할 생각은 처음부터 없었다. 세상의 모진 바람에 맞서 매순간 자신의 자리를 지키며 최선을 다해 살았던 백년 전 청소년들의 이야기를 하고 싶었다.

누구나 삶 속에서 절대 포기할 수 없고, 기꺼이 지켜 내야 할 그 무엇을 하나쯤은 갖고 살아간다. 그것은 꿈일 수도 있고, 사랑일 수도 있고, 때로는 명예일 수도 있다.

백 년 전 세상이 뒤바뀌는 격변의 소용돌이 속에서 그 무엇을 지키려고 온 열정과 힘을 다했던 청소년들의 이야기로 읽혀지기를 바란다.

끝으로 내 소설의 첫 애독자이자 무재주인 나와는 달리 연수와 박 상궁만큼이나 자수와 바느질 솜씨가 빼어난 나의 어머니 박순자 여사님께 감사와 사랑을 전한다. 또 5년 넘게 닦달하지 않고 기다려 준 단비 출판사 김준연 대표님과 편집자 최유정 씨, 이 이야기를 끝까지 써 낼 수 있도록 격려해 준 여러 선후배 글벗들에게도 감사와 우정을 보낸다.

2020년 9월, 한일병합 110주년을 되새기며

작가 윤혜숙

참고 문헌

《우리가 정말 알아야 할 우리 규방 문화》, 허동화, 현암사, 2006

《자수문양》, 국립민속박물관 한국콘텐츠진흥원, 대원사, 2004

《한국의 자수 어제와 오늘》, 숙명여자대학교박물관, 미진사, 2016

《궁녀 : 궁궐에 핀 비밀의 꽃》, 신명호, 시공사, 2012

《마지막 황후》, 박승현, 북스, 2012

《1910년 오늘은 : 대한제국이 멸망하던 그 해 242일 기록》, 김흥식,

서해문집, 2010

《대한제국 황실 비사 : 창덕궁에서 15년간 순종황제의 측근으로 일한

어느 일본 관리의 회고록》, 곤도 시로스케, 이언숙 옮김, 이마고, 2007

《조선의 참 궁궐 창덕궁》, 최종덕, 눌와, 2006

《국새와 어보 : 왕권과 왕실의 상징》, 성인근, 현암사, 2018

《일제 침략과 대한제국의 종말》, 서영희, 역사비평사, 2012

《경성상계》, 박상하, 생각의나무, 2008

《서울의 시장》, 박은숙, 서울특별시사편찬위원회, 2007